天星诗库

潘维 著

天星诗库·新世纪实力诗人代表作

水的事情

增订本

潘维诗选 1986—2018

山西出版传媒集团 北岳文艺出版社

·太原·

图书在版编目（CIP）数据

水的事情 / 潘维著. — 太原：北岳文艺出版社，2019.3
ISBN 978-7-5378-5788-8

Ⅰ.①水… Ⅱ.①潘… Ⅲ.①诗集-中国-当代 Ⅳ.①I227

中国版本图书馆CIP数据核字(2018)第285567号

水的事情

潘维◎著

出品人 续小强	出版发行：山西出版传媒集团·北岳文艺出版社 地址：山西省太原市并州南路57号　邮编：030012
选题策划 刘文飞	电话：0351-5628696（发行部）　0351-5628688（总编室） 传真：0351-5628680 网址：http://www.bywy.com　E-mail：bywycbs@163.com
责任编辑 赵雪	经销商：新华书店 印刷装订：山西人民印刷有限责任公司 开本：787mm×1092mm 1/32
书籍设计 张永文	字数：192千字 印张：7.25 版次：2019年3月第1版
印装监制 巩璠	印次：2019年3月山西第1次印刷 书号：ISBN 978-7-5378-5788-8 定价：59.80元

本书版权为本社独家所有，未经本社同意不得转载、摘编或复制

人到中年

潘维

戏台上的锣鼓，
能听懂
脚步旋转、细腻的唱腔如何穿过针眼；

其实我明白，
人到中年，一切都在溢出：
亲情、冷暖、名利。
曾经的旅程，犹如几颗稻子，
摇到了外婆桥。

我记得每一个昨夜，
少女的味蕾，奋不顾身的春色；
记得雨水仍发着高烧，
从蝴蝶中失去的万有引力，
似一场大雪紧接江南的冰蛇腰。

忧伤所做的事情，足够支付信用卡；
洒火地灶知的牢骚，
也一直连绵成无法挽回的群山；

作者手稿

这时，我听见一只响雷夺眶而出，
去击碎封宫顶碎成星空。

其实，我明白，
人到中年，是一头雄狮左狐独。

2012.2.29写
2016.12.25改

致读者的话

潘 维

这个世界上,每天都会生产大量的语言作品,经得起时间淘汰流传下去的非常稀少。

每位诗人的天赋和志向各不相同,有人满足于率性表达,有人只想服务于当代,有人觉得传统的营养已经足够……但有人,和我一样,想写作经典。

事实上,这态度就是"不可言说之言说",意味着,要把自己培育成可以写作经典的器官:要吸收各种文化和现实的力,要尽可能向所有大师学习,要融入世界文学的格局中。

其实,写作到了某种程度,并不仅仅是个人在写,而是语言通过某个生命体在从事创造。

我相信,任何一部优秀作品,都和高端科学一样,是人类文明进步的阶梯,是智慧融合、递升所共同完成的果实。

我的诗歌创作都受到了屈原、王维、杜甫、但丁、荷马、沃尔科特等这些伟大诗人的影响，受到时代和生存环境的影响，当然，首先是语言自身的想象。

《水的事情》是我 30 年的抒情诗选，91 首，按年月日顺序排列，读者可清晰地触摸我生长、发展的阶段轨迹。基本主题为时间里的江南、女性和生命的孤独。有一点我必须强调，我一直视语言精确性为最初和最高的目标。

诗集的再版，要感谢北岳文艺出版社续小强社长，感谢刘文飞先生，感谢那些安静的读者，是你们和我相伴建设美好。

2016 年 12 月 30 日

目 录

001	第一首诗
002	乡村即景
003	道路有一副孤寂的面孔
004	在遥远的北方
005	风吹着
006	那无限的援军从不抵达
007	春天不在
008	别把雨带走
009	鼎甲桥乡
014	怀念一九八六年
016	丝绸之府
018	灯芯绒裤子万岁
020	看见生活
022	不设防的孤寂

023	紫禁城的黄昏
025	锡皮鼓
026	蝴蝶斑纹里的黑夜
028	在那时
030	登记簿上的夜
032	潘维悼念麦克迪尔米德
033	追随兰波直到阴郁的天边
034	说吧,悲哀
036	可以自杀了
037	多冷的光
038	记念
040	致艾米莉·狄金森
042	框里的岁月
044	一年四季
047	荷马纪元
048	月亮
050	被沉重的空气压着
052	消失
053	倾斜的城镇
055	通天的傍晚
056	最后的约会
058	遗言
060	运河
062	沉浸之日
064	我,拥有失眠的身份
065	入侵的黄昏

067　种植在旷野上的那片雨

069　雨水，将耳朵摘入心灵

071　天空的梦遗：雪葬

073　一月的清晨

074　日子

075　雉城

077　致郊外的一位女孩

081　给一位女孩

082　初春

083　莫名的纪念

084　乡党

086　她的简历

088　隋朝石棺内的女孩

090　白云庵里的小尼姑

092　秋祭

094　梅花酒

096　梦话从前

098　童养媳

100　香樟树

101　小城之秋

102　苏小小墓前

105　小男孩

107　进香

109　天赋

110　炎夏日历

114　箫声

117	梅花开了
119	ZXH 画像
122	短恨歌
123	同里时光
125	锦书之一：立春
128	锦书之二：冬至
131	锦书之三：除夕
134	雪事
136	今夜，我请你睡觉
138	大雁塔
139	东海水晶
141	法华寺
143	记忆：二
145	雪窦山
147	月圆之夜
149	三段锦
152	对一位朋友的翻译
154	西湖
157	天目山采蘑菇
158	人到中年
160	离开
161	宿命
163	永兴岛
165	夜航：纪念梁健
167	生命的礼物
168	长宁之夜

170	海之门的使者
172	嘉峪关
174	雪的告别词
176	上海女人
178	龙潭湖
180	衣裳街
182	元宵节
185	绿城
187	喜马拉雅诗篇
190	几乎是一封信
193	和平饭店的下午茶
197	秋歌：十里银杏
199	桂花，以及月亮
201	百利甜酒
203	早春二月
206	从青松岭到诗上庄
209	燕山的雨夜
211	中原，四门塔
213	跋

第一首诗

在我居住的这个南方山乡
雨水日子般落下来
我把它们捆好、扎紧、晒在麦场上
入冬之后就用它们来烤火
小鸟儿赤裸着烫伤的爪
哭着飞远了
很深的山沟窝里
斧头整日整夜地嗥叫
农夫播种时的寂寞击拍着蓝色的湖岸

1986 年

乡村即景

邮车被一阵钟声挡住
被早晨的微光挡住
被房梁上的旗帜、橘香和幽静挡住去路
河埠头女人的话语
渐渐明亮,上升
这炊烟充满秘密

多彩的街道,空气新鲜
节日的水罐
托在乡村的头顶
孩子们脚步摇摇晃晃的
不时泼下一些快活,一阵陶醉,一片哭号
我的耳朵啊
极度疲劳,极度疲劳
就像一对布谷鸟
无法落在粮食多的地方

1986 年

道路有一副孤寂的面孔

道路有一副孤寂的面孔
只要你贴近它
就会有一条冰凉的车辙吱吱碾过你的头顶

就会有更深的痛苦
产下虫卵

就会有人抛弃我们
或者是我们远离了村庄,酒,爱情

就会有灵魂历遍地狱
使自己变成泉源
变成透明
然后用剩下的唯一的手臂
去支撑满天的星辰

或者将呼吸投向大地
一把抓住那淡蓝的雨水

1986 年

在遥远的北方

在遥远的北方
悲痛杀害了麦子
小小的死亡一批一批地被薄冰运走
说着再见再见

和木炭一样
光线的火钳把我镊到那个地方
那里,季节暗藏在辣椒里
三角形、圆锥体在草木鸟兽的肉里生长

但随着祭奠的狂欢来临
雨雪覆盖了几公里之内的山路
村庄越挤越小
直至缩成我漂白的衣袖上
一粒黑色的纽扣

走近一看
才发现是局外人留下的石磨

1987 年

风吹着

风吹着
风把我的棚屋吹得比遥远还渺小
风唤醒了我体内的蛮牛

并用成百的少女引诱我
到那绿色的泥床上

如一匹长长的白布
有几处地方已被欢乐弄脏
风穿着一双窃窃私语的草鞋
风的耳朵是一串串暮色中的山楂果

贫穷的风
擦亮了丛林的情感
没有犄角的风
和满地的雨点、麦子一起舞蹈

手握一面崭新的铜镜
风无形而迷乱地消灭了我

1987 年

那无限的援军从不抵达

从生到死
那无限的援军从不抵达

从孤寂到喧嚣
没有一片树叶抬头
光线的钉子钉入我们的器官
我家乡的风光被缝织在茅屋与阴湿的冻土上

而透过丝绸轻柔的压迫
那些乳房,少女们的乳房
正和根须一道喘息
用疲倦、雨声、山谷哺育着一片醉酒的和谐

而我在秋天的怀里哭泣
我松开火焰的缰绳,水的马蹄
让骄傲把人类的第三只眼睛踩瞎

我保存了最后一滴贵族的血

1987 年

春天不在

春天不在,接待我的是一把水壶
倾注出整座小镇。寂静
柔软地搭在椅背上。我听见
女孩子一个个掉落,摔得粉碎

春天不在,树木在消瘦
旅店的床单震颤出薄薄的爱情
雨,滴入内心。如一个走门串户的长舌妇
一下午,就消灭了几屋子的耳朵

1987 年

别把雨带走

别把雨带走,别带走我的雨
它是少女的血肉做成的梯子
爬上去,哦,就是我谦逊的南方
展开,向宁静展开它的耕田
最肥沃的地方种植着我的心脏
还有忧伤,我的姐妹,哀歌一样明亮

别把雨带走,别带走我的雨
特别当手术刀的寒光不断闪现
健康还未像衬衫一样每天来造访我们
当春天,泥泞迅速地掠过村庄
缚住我的脚步:那些盲目的欲望
往事就会像餐具一样塞满我的碗橱

总有一天,我会还清欠下的债
用雨,我点燃倒影、黎明的枝条
用雨,我点燃砖块,让它们开放成一座城市
然后再点燃导火线,焚烧喉咙里的悲痛
但是,千万别触动玫瑰
它们是雨的眼珠,是我的棺材

1987 年

鼎甲桥乡

一

夜晚,是水;白天,也是水
除了水,我几乎没有别处的生活
如果一位国王路过我们这座无名山乡
我不会向他贡献胶靴和伞
我打算呈上我的女仆——一位村姑
她会插秧、育蚕,并且梳头
并且,她话语柔婉,微波阵阵
能使法律的尖锐部分远离人民
也许不幸,她因嫉妒、冒犯或阴谋
被贬入冷宫,长时间厮守、厮守
等待,等待,渐渐的空房里筑起了燕巢
梨花开了,凉风中传来了一缕缕嫩绿的回音

二

狭小的生活,走几步路就能完成
因而有足够的时间让荒草茂盛
时间,对神灵来说,并不重要
对他的臣民也理应如此
一把木椅已安然度过半个世纪
猫蜷伏在上面,还有灰尘、光线

像蜥蜴一样在空气里碎成粉粒
屋顶的静穆向天空翘起
外乡人会觉得除几家缝纫店外
人们都为各自的事情所隔开
唯有一道旧篱笆上的喇叭花喧闹热烈
但似乎并不向那些耳朵吹奏

三
一条溪流凝视着学校上空的云
铃声过后，孩子们像化肥一样撒落在
田野各处，有时，淋成落汤鸡
我的朋友，X·Y，乡村女老师
站在黑板前，如深陷无望的爱情
无论如何，你只能将丝绸和相册压入箱底
以减弱自己的美来适应平凡
正如星座集体叛逃的那个夜晚，狗吠
撕咬防线，直抵乒乓作响的门窗
你的手颤抖得厉害，擦不着火柴
突然，一道闪电，照彻空荡荡的足球场
砖瓦厂的大烟囱巍然屹立于生命之上

四
几乎，整个冬天，都没有暴力事件发生
水缸的冻痕也显得温柔，缝隙
蚯蚓般延伸，似乎专门为阳光准备的

一顿午宴，紧随挣钱人出门的
是电视天线，但它们的烦恼站得更高
鼹鼠仍不可救药地在挖掘
真理的根；一株折断的树枝
流露出的神情，恰如可怜的电影院
如今，喝柴油的拖拉机才做一些
疯狂的梦，越过土坡，葡萄种植场
窜进铁丝网，年老的寡妇趋于平静
但她须每天进卫生院检查器官的故障

五
夜晚，是水；白天，也是水
我说这话的时候并不拥有生活
只有生命，座钟的秒针般嘀嘀嗒嗒的
冒出气泡，水未浑浊前，鱼的背脊
能折射出一种迷人的紫光
如明媚的春光收敛之际洋溢着幻影的少女
在此，我沉思虚无与粗俗事物的枯树下
也是被我称作为镀土岁月的那段路上
我，冒天下之大不韪，引诱了乡间
最出色的美人儿，并以不给生还者以希望的方式
我娶她为妻，状元公若九泉有知
定会胡须抖索个不已，为他后代的羞耻

六

期待的漫长,是因为听不到敲门声
村庄像一副犬嘴里的脏牙,从未使用过
牙刷和牙膏,被咀嚼又吐出的房屋
缺肢少腿,杂乱的堆积在破晓前的冷光里
瑟瑟作响的树叶翻阅本地人家史
一天,一位老人转身进入坟墓,便轻易
打败了当年的炎热,而无须求靠冰激凌
乡长;遗嘱一文不值,这身肉坯
是唯一的继承。鸭子们出现了
它们浮游于人类下沉的池塘
原先的传闻中心:傻女人和她的
一窝小崽子,微妙地将专利转给了暴发户

七

台风将太湖里的帆赶出我的眼帘
鸥鸟,舌头沉入语言般下沉
秋天,紫菀开花,这群洁净的小精灵们
是另一个世纪一个爱开玩笑的人点燃的
它们宁静的火焰,支撑着单调和孤独
当国王经过,两岸官员们的脑袋纷纷掉地
那流淌龙的血液的英俊者看到
麦子又黄了,仓库背面的月亮小丑一样
鼠眉贼眼,那个浣纱的女子因受注视
而光彩耀人,她认识到突如其来的

命运已经降临,寄托在权力者身上
贫困才仅仅是一场容易忘却的梦

八

年轻,当你有能力挣钱,那么
就请将你前生欠下的风流债还清
当然,你还得学会撒网,直到灶火噼啪
一件美妙的事要在逐渐的补充中完成
才会像苹果一样熟透,正如我年近三十
才觉悟到自己不是外国人,而是一只留鸟
作为安慰,我将自己比作福克纳,试图
筑起金字塔,而候鸟们将许多小巢
留在异乡的枝杈上,想到这
想到我从未到过天堂,我不禁忧伤
这儿,感冒、懒惰、药剂师的衬衫
扩散着薄薄的药料芳香,如芦苇丛中的薄雾

1987 年

怀念一九八六年

一九八六年,我的疾病治愈了南方
那年,我找到了水与土,一把皮尺
那年,万物的生命被一扇木门所遥控
被种植于农事的一呼一吸间
一直在飞的巢穴也栖息了下来
其实,它是从空间飞入了时间
一刹那,光线就煮沸了它鸟的血液

一九八六年,我的眼珠一次次作为货币
与女孩做交易,并且,毫不厌倦
书籍,枕在头下,仿佛田埂的绿色
吱嘎作响的脾气,有时刺骨,有时蚕茧吐丝
入冬的空气压得窗框冰一样变形
有一把镰刀,非常惨白,只收割盐粒的反光
有一座谷仓,储蓄着许多面镜子

一九八六年,从一张渐渐蒙上灰布的脸上
我辨认出瓦片跟鱼鳞的差异
我看到,拐杖绑架了乡村的脑髓
黑暗,几乎如一队武装,迅速扎下根须
揣着雨水和星辰,我咳出火焰

像一枚枯草遗弃的鸡蛋
我最后的晚餐，淹没在青蛙的泛滥里

1987 年

丝绸之府

怦怦作响的子宫不时掉下一些刺
让春天无法在大地上行走
因此,那赤裸、怕疼、缺血的少女来了
玻璃从她的肺里涌出
美丽在破晓

冰冷的光,哦,一曲茴香哀歌
酸奶般挤出丝绸之府
新裁的内衣点燃裁缝的剪刀
街巷在鸟粪中肥沃

你认识木匠那顶动情的草帽吗
它是由潮湿的麦秸编织
被一次次算术的烦恼染成灰黄

死者的骨灰在水面上漂浮
鱼鳞的音量拧得很大
一直将叮当的钻机送入矿底
为什么那些文件,比旗帜还烫手的铅字
要捣成雪天的纸浆

漫山遍野的青年,转瞬即融化,
一艘船驶出梦乡,尝到波罗的海的微浪

1987 年

灯芯绒裤子万岁

年复一年,我穿着灯芯绒裤子
头发蓬乱,东忙西颠
梦见自己的灵魂仍是一颗未跃升的双鱼星座
梦醒时,我放下梦里的剪刀
犹如一节神秘的车厢
被旅行点燃,停在颤抖中

哦,又一个枯萎的冬天即将来到
请赶快准备好过冬的粮食
几本旧书,一筐木炭,和一个情人
但她必须在寒冷中裸露
沉入空荡荡的街道之底
交谈,倾听,发出呱呱叫声

并且,在一场大雪中,穿上灯芯绒裤子
穿过火光冲天的人间,穿过
倾圮的城市:直到我的面前
一些死亡,一些疲惫,更多的灿烂
如一颗在森林中迷途的星
在玫瑰花上窥见了指南针

生命短暂，容易满足
每个人的一生只能拥有一个裁缝
时常的，我感到自己的生命被别的生命推动
在我无法放弃的人当中，爱因斯坦
和新的但丁：约瑟夫·布罗斯基
一辈子都未曾脱下过蓝色灯芯绒

            1987 年

看见生活

我希望有一天我会醒来

看见黑暗在生长
看见忧伤在我的脉管里散步

打开窗子,看见天空像一条床单
撤走木梯,看见逃亡的人群

环绕在我周围的铜镜
是语言、时间和迷惘的问题

如果我醒在早晨,我的仇恨就会闪亮
如果水面上是一朵花的幻影
我就把书籍翻到雨季这一页

但我必须穿上革命这双鞋
必须与我否定的一切对话
在继续震颤的地球上
我必须从头到脚
吮舐紫罗兰的花香

然后醒来

然后睡去

并在这两种犯罪之间

向生活浇下超现实的激情

1987 年

不设防的孤寂

这些日子时常耕作，不太荒凉
四周全是稻谷、虫鸟和耗子
当外面的世界音讯消绝
风吹红了辣椒
我也只剩下一个名字

一种不设防的孤寂
让我越陷越深，每天
都只是一张发黄的黑白肖像
在阴暗处醒着，转动惊讶的眼珠
溪流就从我的袖口伸出手去
握住一片阳光
再静静穿过蝴蝶相交的菜园
没有也不可能有新的火种，新的皱纹
大批候鸟正向南迁移

在人类出生的房间里
我打开抽屉，这时，流星掠过
一堆暗红的煤渣
使夏日黄昏无比深远

1988年

紫禁城的黄昏

自从因贪食而受到责骂之后
黄昏又一次落到紫禁城
书案和琉璃瓦屋檐光洁的气味令人吃惊
每逢烛光熄灭或眼帘跳动
皇帝就要上百遍地翻弄那些泛黄的历书
随着他轻轻一声咳嗽
便冒出一大群大臣、管家,全体跪拜
不敢喘息,在这些噩梦成癖的日子里
皇帝唯一的宽慰就是领略权力的奥秘
但他若是知道皇冠在戴上之前就已被命运废黜
或者当他发怒,打碎贡酒,而突然
一种迷幻攫住了时间,使他原谅了一切
那么,他至少会替后宫的奶娘梳理一次头发

然而皇帝的最后一道圣旨
还墨汁未干,那个被阉割了生殖器的太监
就从旁门溜走了,弯腰搂抱着玉器
火光中的京城,一片干燥
众人皆听见蟋蟀的锯齿一圈一匝地
咬啮着回廊的圆柱
那儿锦缎上的黄龙是用金线织成的

至今仍有一些女子在羡慕妃子们的香料
和她们在铜镜前那种空洞的争风吃醋

1988 年

锡皮鼓

远方撇下了我,和往常一样
我将信件投入邮筒
犹如阴影洒落舞台上
一支从刚出土的乐器上飞离的曲子
或者对面建筑物青苔的反光
都提醒我记起这座城市已囊空如洗

虽然情侣们仍在家门口接吻
在绘有苹果树图案的床单上,男女交媾
而新的后代也从蜂蜜和学校之间懂得了
什么叫养尊处优,只有我
一个悲剧的哈姆雷特
用一支疯狂的笔,彻夜同灭亡的大军交谈

在这条被灰尘和碎玻璃卷起的街道上
一个小男孩在敲打锡皮鼓
与现实相触的那瞬间
我的肌体崩裂,粉碎在人群中
纯洁,但性感
我不过是一个巫师,炼金术士,先知
目睹了看不见的一切

1988 年

蝴蝶斑纹里的黑夜

蝴蝶斑纹里的黑夜
飞上我的肩膀
像一条悲哀的扁担
一头挑着孤寂
另一头挑着晚宴上的喧闹
我动弹一下身体，它就飞走
有时，我静卧着，远远的
天空带着一条蛇准备咬窗帘一口

我与世界的联系
建立在一瓶胶水上
可我弄不清是否已过了使用期限
不然，我梦见的那粒豌豆
它鲜红的血液怎么会冰凉
爱情般淌过倦怠的天花板
我握着一把比丑陋还钝的剑
如一个恶魔，我发出哈哈大笑

我即将去赴一个前生的约会
整理好紊乱的曲调，关上门
从公园的卵石路上，我拐向

蓝火焰丛生的湖泊
知道吗,岁月在砖墙上脱落
一座城堡逐渐衰老
它等待着,让一片枫叶替它
等着,一位第一世帝王

1989 年

在那时

那时黎明像牙齿一样掉落
面包还未在各处架子上出售
而树上植满玻璃,每一块都苦涩、兴奋
我自满,洋溢着必然;一条绳子
垂下来,整个透明之夜雨声一直悬挂着
听不到谎言,只有灯笼
突然生长,又官员般转身离开

那时失宠的乐师在街头演奏莫扎特
五月不断地敲门
我不敢注视惨白的脸,我站在
阴影里,周围死亡的空气优雅
用鸟,蓝色在人群上空留下弧线
在张贴各类公告的石灰墙面
有一条刚刷新的政治标语
那红色,与浓重的鱼腥味混合一体

那时,她是一位乡长的女儿
河那边,是浸透了水的小树林
我们把幸福头发般剪短
后来,青春宁静地引导热情上山

我们在交会处点数着熟悉的烟囱

1990 年

登记簿上的夜

那些夜晚,每片树叶都孤独一人
在旅馆凌乱的登记簿上
同样充斥着无数个不眠之夜
我躺在吱嘎作响的床上,虚汗直冒
自杀的念头一直被一层薄薄的银光围绕
外面,船停泊在桥下
潮湿的墙壁生长着青苔
不时走过一些灰蒙蒙的群众
鞋底沾满了枯叶的腐味
从冬到秋,直到天明
棺材铺的灯惊恐不安地亮着
我的陌生的灵魂滞留在空中
是否也像帝王一样不肯走下台阶呢
抑或是一匹骏马在战场上失掉了双腿

我想起一个沦于危亡中的政府
在外省,法官竟如此轻率地
吊死了一群偷苹果的孩子
汽笛鸣响,但毫无意义
城市嵌满玻璃的大楼蜷缩进蛛网
像一件件异教徒的黑色长袍

挂在星光下,生命通往地狱
也连接着发芽的青草和翅膀
而突然,我被火光中的片言只语所惊醒
如一双巨手,伸出坟墓
挡住了我回家做梦的道路

1990年

潘维悼念麦克迪尔米德

下雪了,林子里有了白光
这是醉汉看蓟花的时刻
也是一把空壶倾注忧伤的时刻

潘维,一个第三世界的孩子,出身平民
走到他小小的尸骨前,然后停住
问道:这是什么闪耀
每一阵寒冷之后
便剩下贫穷、坚定和主义

然而,这又是什么死亡
做一个叛徒,却不向人类投降

如同他在苏格兰群岛的海滩上
遇见一位眼睛发亮的妇女
把她带进茅屋
哦,空谈
这是多么不值一提的高贵举止

1990 年

追随兰波直到阴郁的天边

追随兰波直到阴郁的天边
直到庸人充塞的城池
直到患寒热病的青春年岁
直到蓝色野蛮的黎明
直到发明新的星,新的肉,新的力

追随,追随他的屈辱和诅语
追随他在地狱里极度烦躁的灵光
追随几块阿拉伯金砖
那里面融有沙漠和无穷
融有整个耗尽的兰波

追随他灵魂在虚幻中冒烟的兰波
甚至赤条条也决不回头
做他荒唐的男仆,同性恋者
把疯狂侍候成荣耀的头颅
把他的脸放逐成天使的困惑

1991 年

说吧,悲哀

说吧,就说那些钱币
还封存在山间一座紧闭的宅院里
石板轻压着泥土
仿佛所有的爪印都是遥远过去的心事
门像主人的马匹拴在空气中
注视并未显得全部有效
一些无效的注视仍十分危险
那些未来的妓女们正玩耍、缝纫在斜坡上
靠近黄昏的孤独,是又长又细的松果烟缕

这儿,厌倦仍时断时续,散发出霉味
这儿曾抗拒过死亡,因此
小麦种植远比少爷的家信要受到重视
从积满灰尘的谷仓到群峰上的星光
依稀可辨亚麻布织出的图案
静悄悄地怀孕,弯曲的脊背扩展开去的
几十里的紧张,而芍药
竞相开花在妇女们料理家务的间隙

说吧,就说从未尝过被单下女人肉味的男人
遇见一块又一块甜蜜的嫩肉

在阳光下,在动作猥琐的夏季
人们期待得那么少,以至
紧随暴雨来临的仅是满地的酒鬼
带着他们的妻子儿女像带着几只煤炉

1992 年

可以自杀了

仅仅一把锁,就使得所有的风景都锈蚀了
一种懒散,无力地垂着窗帘
空气喑哑,像关禁闭的少女
我走下台阶,试图用嘴唇去抓另外的嘴唇
我这么想,是因为忧伤烧毁了我的爱情
头发上空,光似乎患了严重的角膜炎
屋顶在酿酒,谁的奔跑
远远的,在稀薄的透明里反复出现
我的记忆一直无法消除那些丈量土地的人
统一——无非让愚昧扩大一点罢了
有一点要明确,秋天了
制作绞架的木材已茂密成森林
并且水亮了,无名的外省诗人正请求您的原谅
当我走下台阶,全身叮当作响
口袋里装满临终的眼
我看见,在无限辽阔的幼小变幻中
一种忧郁,正在飘落、飘落
经过一株干枯的酸枣树

(谨以此诗纪念女友孟晓梅,她去世于农历1992年除夕之夜)

1993年

多冷的光

多冷的光,使腥臭满溢的鱼市场
如香水瓶一般空寂
饭馆亮出一只结冰的舌苔
我的日子,没有顾客光临

日子不断掉落,像切去一根根手指
我不知道脆弱的含义
我什么也无法抓住。白发
刺入我头颅恰似噩耗传入客厅

热血平静,却笼罩着宗教的乌云
真实的友谊有发霉的成分
我的嘴唇全然不顾少女的嘴唇
肿胀、开裂,沉湎于酒精

推开失去记忆的窗子,玻璃融化
露出木头,远方的森林可能会思念
它的被肢解、油漆过的孩子们
但不必像我的围巾一样悲痛

1993 年

记念

拴系在光柱上的一匹母驴
突然生产：我回想起遥远的近处
我体内血管里的一摊血，以及

那落叶一般撒满各州县的眼睛
那和晨雾一同亮出前额的小侏儒
啊，还有那气息：化作一剂中草药的
女肉的麝香，和浸润的姿态
甚至仍冬眠在草地上的几只
或更多只子宫：它们低低地掠过
些缕痛楚的游丝已感应水面
然而，仍未发现一根魔线
从摇摆不停的记忆中穿过

青春仅剩隐约可闻的猫咪声
要捉住它，至少要追赶永恒这段路程

只有刚滴下的粪便的暖流
使冻僵的苦胆苏醒
在霞光里，在没落中
我吃着照彻万事万物的苦胆

一颗一颗吃着,吱吱作响

1993 年

致艾米莉·狄金森

姑姑,春到了,带着计时器
在另一个州府的门槛上,我私恋着生活。
住宅不是木结构建筑,一点感情无法将它焚烧。
减少了风险,也就增添了麻木。
在这个圆球上,无论苔藓还是骗子,
没有谁比你更熟悉细节的奥秘。
在街道那边,梦被盗窃。
主妇驱逐几次调情,邮局似灰尘的呕吐物,
一个流浪汉带着脚离开,也许
它会遭遇到一座磨坊、一场疾病和一个魔鬼,
最后,喉咙低沉的村庄将打开泥土接纳他,
如你用一件斗篷,欢迎迷人的阴谋。

我无法乘螺旋桨或一个快动作
赶到你用短笺写信的高大松树下,
我甚至无法想象你奢侈、胆怯的孤寂
怎样蹑手蹑脚地使意义充满整个天空
见面,不必。赠送嫁妆,
有悖伦理。仅仅有面盾
盾上刺入一架钢琴,也就足够
你瞬间的苍白、潦草的发明,将种子

乱涂于果园——如今，是满篮的水果
供陈旧的人新鲜的享用。
你不是只有一张，而是有无数张正面的、侧面的
脸，核心围绕着"绝望"与"爱"。

请不要生气，姑姑，即使是佯装的
责怪。我，潘维，一个吸血鬼
将你的生命输入到我的血管里，
更别说怎样对待你抽屉里的创伤了
我愿将你看作篱笆上的一阵风，
或裙衣的窸窣声。而实际上
你被婚姻绊倒，一辈子摔在孤寂中。
别去管鸟巢里的琐事，无须操心舞会的
提琴手。告诉我，怎样告别？怎样重逢？
如何做到就像从未有人在你面前活过一样
活着？ 挂钟配制的草莓酱已发酵
你忠实的狗，一双绸布鞋，会衔给我。

1993 年

框里的岁月

"每一次接近岁月
少女们就在我的癌症部位
演奏欢快的序曲"
　　　　　　　——题记

在储放着相册、内衣的阴影里
吊灯蜷缩着滑入一张旧式唱片的密纹
只有一束多余的光，掉下地板
没有耗子的狂热，没有低语
瓶里的酒也已逝去
很快的，一阵皮肤的气味逼近
平静的心跳告诉我，天黑了

但总有什么在阻止夜的来临
一阵担忧，对一个行走于泥径上的
产科医生和药箱里的器械莫名的感激
一次即将发生的抢劫案
或一场感情，突然拐弯
流向陌生的床榻、陌生的水管
时断时续的动静俯视一切

是窗帘想摆脱噩梦。寒风
如无礼的幽灵,敲冷我的骨髓
墙上一束艾草,枯萎多年
仍在辟邪。从上一世纪至今
几次对速度的革命使空间骤然缩小
如果愿意,可以做一只蚂蚁
但却无权成为一头挤奶的牛

在此,在女理发师去赴一个约会的时刻
我的鬓发像空气中的灰烬
一本书打开,人与事锈蚀在一起
钟摆迟钝的节奏像一支催眠曲
倚着廊柱,女仆紧攥着抹布美好地入梦
我,也许是薄冰吱嘎的叫唤
和画中人换了个位置,走进画框

1993年

一年四季

一

近日来泥泞篝火般喧嚷。树枝潮湿
浊烟熏炙云层。连伞也昏暗如心脏
存放于墙角,随手可取
十五瓦光线晃荡于牲口棚低矮的房梁
我寄出的信,无声地沉入邮筒

孤寂,早已需要熨烫;如一条满是
皱褶的外裤,招人讥讽
可以说,自从失去了你,便失去了散步。
这么说,是因为世界狭窄,人类拥挤
蚊子嗡嗡地盘旋,观点鲜明的吸血

二

在春天,我鼻青眼肿的败下阵来
整个暑假,一把折扇将我合上
不见阳光,远离蜂巢和汽笛的鸣响
或许,当话筒拎起我的耳朵,接通另一端
你,雏鸡般发抖,逃向无穷的雨水
如果那冰凉的晶莹灌满口腔
又意味着什么?我害怕一串串葡萄的垂挂

那凝视,说明二条迷宫般的曲线
仍相交于某一座标点上。星空会再次成熟吗?
轮回会再次排演我们的生活吗?

三

此刻,地毯如一位黑人,从脚下铺开
秋夜。哦,你可要小心,千万别踩痛悲剧
当木匠升起屋顶,将星辰一颗颗钉住
我知道,我早已无法逃脱,但也无法饮下
油漆般静止于唇边的竹笛

并非毒酒,那仅仅是船舶旁的回忆
你,一只小小的水的齿轮,独自转动
是中国,唯一能帮助江南的诗句
查看梦境的士兵衰老了。白炽灯泼出的
光线粘在一只枕上,呼吸被锯成了两截

四

窗户已闲置,磁带已疲惫。新闻
用大幅版面聚拢篝火
法官随时可在我身下点燃判决
而多少笑声,早在焚烧之前便成灰烬
尚存的一息波及沙沙翻动的空气

我坐在桌前,如一块橡皮,弱智牌

不知该擦去哪一种答案。钢笔只能
在对与错之间画上等号,并一脸惘然。
尽管修长的背影穿过长廊匆匆模糊
我仍看见你睫毛下责怪和怨恨的批语

五
在生命的某处,当交易所的血变化为水银
一扇铁门当的一声,飞出一张唱片
人群在我的头发上梳作左右两派
几片树叶裸露,寄生于铝线上
呼呼作响的电流使死亡更强壮
真的,在生命的某处,桂冠有足轻重
虽然在戴上之前,我便早已赢得。
彻夜,我对付那群牛头马面的思想
它们的舌头多柔软,舔着无骨的月光
比起我们拥有的沉默,这举止毕竟肮脏

致 J·H·Y 1993年

荷马纪元

多年来，只有雨和一座灰色的城镇
还有时间——一副面具，或一副镣铐
我，站在窗前，拉开一幕幕戏剧
比如，我的师傅，一位盲乐师，长久漫游于
凡俗的人间：第一个用瞎眼看见了美
并用肮脏的指头再次描绘了美。
晨光中，盾牌也许疲惫了
但我并不认为战斗已熄掉了引擎
只要那位女中学教员仍是一块蓝色的木炭
或者，亡灵们仍乘肉的螺旋桨盘旋
俯瞰桌上的种种酒渍和斑痕
而那沉默的背脊依然隆起一片废墟
而实际上，我仅仅是一个卑微的徒工
怀着一颗巨大而精细的耐心
现在，我注视着拉紧的云层，当闪电
将活力注入空气，祛除疾病
当无数风险抵达地平线上的一个目标
那个坏脾气的男人正显出泥土的英俊
我，闯入墓穴，找到了对话的超人

1993 年

月亮

大地的蓝在微微的鞠躬。

水杉像少年推开满身的窗户,
稀疏的月光落到细节上。
风,草草地结束了往事,
又沿着铁轨,驶向乌黑的煤矿。

我,并不知道还有多少事物
尚未命名,上帝的懒惰
难道成了诗人的使命?
一眼望去,青春的荒凉,
从水底弥漫出初冬。
一只雨中的麻雀,疾行翻飞;
灰色屋檐,静止着羊角。

(那手持鞭子的放牧者:月亮,
在抽打那么多心脏的同时,
可曾用奶喂养过这片风景?)

月光,可曾地毯一样卷起裤管,
赤裸的土,忍受冰冷的脚。

一节我生命的金链,
带着分离时的恐惧,失落在尘世某处。
哦,那就是丧失了名誉的——泥土,

在火光冲天的背景中,
被倾城逃难的人群活活冲散的
天上的泥土,

必须紧紧贴住月亮呼吸,
别退化这根点燃的尾巴。

1994 年 10 月

被沉重的空气压着

被沉重的空气压着，秋天弯下了蛇腰，
像一个问号，睁着浑浊的眼睛
已厌倦了回答。被缠绵的雨淋着，
庭院里的水井是一颗长得很深的灵魂，
照亮悬挂在高度里的南方。
我的孤寂，被光印刷在回声中。
正一点点红透皮肤的空气，
在逐渐上升，如秃顶的男性领袖。
被爱与水滋润，美已醒来。
我人性的病历卡上写着：肾亏。
我关心的是如何在这个人间球体上度过神性的一生。
像荷马，独自完成了一场集体的战争。

被一种理想俘虏着，世界显得多余。
思想在脑垂生锈的线路里成了难民。
用月亮，我收买少女和银子的光泽；
用城镇，一只替罪羊，我找到无穷的证据，
找到一副瑟缩发抖的骨骼，充满烦恼。
皮靴咆哮着泥泞，这些希腊诸神
又在为一幕悲剧准备一片废墟了。

哐当一声,铁门从里面出来宣布:
真正的生活不仅在人间,更在语言中。

奥德修的历程是我内在的命运。

1994 年 11 月 20 日 长兴

消失

那夜，月光里流淌的乡镇
伸展着道路的宁静。十里芦花
一片反光，笼罩着水色。
我们的身体语音般虚幻，形同废墟。
我，好像一只从古窑里溜出的狐狸，
被血烧制得红旗般灼烫。
而那芦花，那成千上万朵
只懂得轻盈和飘的芦花，洁白的芦花，
迎面将我拉入，拉入
那无以名状的消失之中。

也许，我并未到过水乡，
也许，朋友们并未将我营救到人间。

但是，光线让人害怕。
我不得不睁开那朵喑哑的梦，
它的眼睛钱袋一样装着青春。

1994 年 11 月 29 日

倾斜的城镇

黎明锯断了昨夜的雨。
草坪清新,让岁月成为一只白兔。
书本上设计的陷阱——消失。
街道在霞光中内衣凌乱。
像经霜的妇人,憔悴而满足。

一条河停泊在水里,
装载石块的货船鸣响汽笛,
使河水流动。
城镇在反光里像一根枯枝,
在蒸气的玻璃上画着初冬。
透明灰指甲般增厚。
看不清那人的血管里到底
汇聚着多少种族,多少记忆,
但他的野心在天空中狼嚎,
企图通过改变语言来改变人类的生活。

在南方,在水乡,在浙北山区,
如果仍有未上锁的门向着寒风敞开,
那不是因为民俗纯朴,而是贫穷。
一位皇帝曾到此巡游,

他留下的风流韵事仍在庭院里
开出花朵，小小的姓名，嫩如处女的肉，
让舌苔忍不住露出猩红的霞光。

公共汽车停靠在旅店的招牌下，
潮湿的气息可能延续到正午。

1994 年 12 月 2 日

通天的傍晚

这是通天的傍晚,我思虑沉重,
我的肩膀像一个即将垮掉的季节。
倾斜的石塔,分泌出浓雾,
像一支糊涂的曲子,看不清脸孔后面的野兽。
一筐苹果,拉扯着影子里的少女:
不用扫帚,她就已苍白,
就已拿起针筒,向青春索取鲜血。
晚风,弯曲着,如镀锌的钢管,
果皮般将自来水喷射在地板上。

这是通天的傍晚,贫穷在劳动。
马车搬运着仍在逃亡的历史。
我将睡去,伴着黑发长长的祈祷。
我将梦见,烛光快步奔上楼梯,
像子弹揭开被单,躲在颤抖中的你
仅仅十六岁,但已有足够的风情
蔑视那执著的穷人:他写作,
并且忍受了灵魂精彩的剥削,
在播种季节,他就开始了为你纳税。

1994 年 12 月 6 日

最后的约会

最后的约会像一面镜子，打碎了，
永远不可能随创作一同复原。
奶牛式的天空，挤出云朵和血；
围巾般温暖的拱顶如一个走调的大合唱；
在含混的呓语里，你歌妓的脸
愈显清晰，仿佛是青玉雕刻的；
然而，无论失望怎样锋利，
我目光的凿子都不会将你玷污成一出悲剧。
现在，在我们共同的地方，我独自呼吸。

实际上，我经常走动，敲开一扇扇木质的声音。
倾诉之后的沉寂，磨成寒冰，
划破鱼腹惨白的肚皮，露出黎明。
一直坐成炭火的是一把木椅。
被灯光浇了一夜的窗帘，已经烫伤，
蜷缩成一个草垛上睡去的男孩，
他忍受了彻底的抛弃，做着梦，
在一个非人类所能理解的梦里，
他成长了起来，状如老鼠。
对一个生命不断在减少的守财奴而言，
未来就是贬值，此刻才是一切。

但你走了,并留下句号。
尽管记忆将我的城镇照耀,
但镜子打碎的刹那,无数闪电
颤抖,雷雨倾泻——情感坍塌成灰,
我注视着你尚未挣脱捆绑的身影,
带着愠怒的神色,裹着雨披
在初冬的桥头消失,比绿色还迅捷,

          1994年12月11日雉城,致 J·H·Y

遗言

我将消失于江南的雨水中,
随着深秋的指挥棒,我的灵魂
银叉般满足,我将消失于一个萤火之夜。

不惊醒任何一片枫叶,不惊动厨房里
油腻的碗碟,更不打扰文字,
我将带走一个青涩的吻
和一位非法少女,她倚着门框
吐着烟,蔑视着天才。
她追随我消失于雨水中,如一对玉镯
做完了尘世的绿梦,在江南碎骨。

我一生的经历将结晶成一颗钻石,
镶嵌到那片广阔的透明上,
没有憎恨,没有恐惧,
只有一个悬念植下一棵银杏树,
因为那汁液,可以滋润乡村的肌肤。

我选择了太湖做我的棺材,
在万顷碧波下,我服从于一个传说,
我愿转化为一条紫色的巨龙。

在那个潮湿并且闪烁不定的黑夜，
爆竹响起，蒙尘已久的锣钹也焕然一新的
黑夜，稻草和相片用来取火的黑夜，
稀疏的家族根须般从四面八方赶来的黑夜，

我长着鳞，充满喜悦的生命，
消失于江南的雨水中。我将记起
一滴水，一片水，一条水和一口深井的孤寂，
以及沁脾的宁静。但时空为我树立的
那块无限风光的墓碑，雨水的墓碑，
可能悄悄地点燃你，如岁月点燃黎明的城池。

1994 年 12 月 12 日 雉城

运河

需用红辣椒去修复的天空
裹着一条右派的围巾,在十二月的寒风里。
他微笑着,被众多陌生的房间包围。
书桌上,放着一帧照片:梦游的背景。
雨声点亮了孤立的台灯。

没有去督军府的护照,但有忏悔
从古建筑师贫病的头顶上渗漏下来。
他微笑着,记起一艘挂满纸灯笼的木船
航行在做爱的激情里,
阴暗的运河上升着唱诗班的神圣。

窗外,灰色的街道,沉沦的光,
少女枝头上那湿漉漉的痴迷,
一切都泛起泡沫,伴随着承诺和抚摸。
他无法突围,他已丧失了军队,
牺牲的尸骨交叉,堆积成年龄。

家乡在衰老中时远时近,暧昧
如微弱视力。喧嚣的佳肴
好比命运,从他的掌纹上脱离,

影响他的仅剩空虚之爱这张船票,
让他返回引诱、鸦片和肖邦的怨诉里。

1994 年 12 月 18 日

沉浸之日

当我像一根扯断的电线那般嘶哑,
帷幕降下,你的情感就会返回。
如被白天夺走的星星
一颗颗抽泣着,扑入桂树的庭院。
桂花的芳香袭击着一些灵魂,
它们仍在狂喜,缠绕着百叶窗幽闭的黄昏;
它们的种姓,配得上流亡的歌声。
有一门课程,杂色人生;
学员们,让我们列队! 齐步! 走!
进入那繁琐的沉重学习。

这些沉浸在蓬乱的写作中
而把所爱的少女省略在一边的日子
是多么幸福! 几乎呈现乳白的奶汁。
我看着群山巨大的暮色爬上细小的枝杈,
一抹清凉的光辉停顿在兄弟的额前。
而那些乱伦的家族,在暴风雨之夜
又一次孔雀开屏。松树的琥珀
构思出一滴不可磨灭的光。

啊,我究竟保持了什么?

我曾经在疲惫中沐浴,雪花
旋转着飘落,消融了一切。
现在,在闻得出艾草和力量的境界里,
我被惊奇吹拂;一个词
使我的嘴唇皲裂,如吻别愤怒,
如身披铠甲,在万军覆灭的废墟中,
左边跪撑,头颅向前低垂。

1994年12月18日 致 L·S

我，拥有失眠的身份

我，拥有失眠的身份。我愿献出
一个三角形：坚定的金字塔。
在无尽的旋转中，它跪向一条深蓝的水，
如仆人，用一条未调教好的狗
对着广阔，撒下季节的哀伤。
今夜，武装起来的明亮，匪徒般蜿蜒于
水乡阴寒密布的千丝万缕中。
记忆，割开多汁的风，转身留下凌乱的背影。
噢，酿蜜的脚步盘旋着皮革的沉重，
如挣扎的窗帘随着剧烈的一扯，便断了气。
从我的脉搏上，切得出汉语的命数，
仿佛我是藏身于根部的汉奸，随时准备
向世界公开灵魂的约会暗号。
在隆隆的接近里，铁轨中弹般卧倒，
沿渐渐微弱的往事，浓密如羽的睫毛开始松弛。
星光，滴破屋顶：冬天闯入。
寄生于花瓣上的，是最优秀的那滴黑夜，
它引领着拥挤的现实，穿过我的生命。

1994 年 12 月 27 日

入侵的黄昏

入侵的黄昏,水的家园
在危险的叶片上倾斜。
真正的心正从泥土里向我的身体回归。
心是一卷被禁的书,因为其中的文字
牵引人们的目光进入了生命,
现在,时间已将文字从一一对应中释放了出来,
并且融入了光中,穿着尘埃的内衣。

我多么孤独,渴望着肖邦的指尖
为我流淌出一个蔚蓝的少女,
信念带着她在青春的天上飞,
哦,不要下降,请用高度对我说话!
或者使用沉默的海绵,将我吸入宁静的觉晓中枢。

我正一点点地向着星空活过去,
随着那株月桂树一同芳香、明亮和上升,
像盘旋而上的楼梯在休止处
迎来一声惊叹的目光:随即,纯净的裸体
瀑布般解开,如银的寂静铺满一地。
从湿漉漉的思想中所弥散的暮色,
如一条印花布披巾,披在烛光幽幽

闪动的湖泊肩头:水的每一次涌现
都会打捞出一艘沉船,
经过油漆,焕然一新的往事
又将隆隆地驶离灰尘和遗忘。
入侵的黄昏,水的家园
带着饥饿的绿,从骨骼走向肉……

1995 年 6 月 12 日 致黄祁

种植在旷野上的那片雨

种植在旷野上的那片雨
开始向上生长。鱼鳞似的瓦片
在蓝雾中像被爱者的脸一样飞花,
其中一朵,栖息到墨水里,传播着痛苦。

那片雨,叫作"上帝的蛇"
因为它无尽的引诱使枝杈繁茂
我已学会了从它阴郁的窗帘后
找到自己的脉搏,
像少女,从爱的电流中,找回前世的银饰。
像记忆,以蝎子的一螫,使黎明苏醒。

然而,我的灵魂不愿做一把镰刀,
不愿割断那片潮湿的明亮,
或者,用一张唱片的密纹
从每一滴水珠的表情里穿过,
一言不发。
但发出编钟幽幽的清光。

准备好一个邻居吧,她可能
怀着对礼拜天所有泥泞的热情

打开了厨门:尖顶上的钟声敲得鸡蛋一样滚圆,
那赤足的雨水,已熄灭到了灰烬

而从一阵餐具的碰撞声里
我听到一曲盲目的音乐:
一条雨水的脐带,演奏着无形的漂泊。

1995 年 6 月 19 日

雨水,将耳朵摘入心灵

一

地主的庭院里,雨水如白银。
一片枫叶使秋天提前坠落。
许多微型的能量扼杀着光线,空气蚊虫般
隐入精神衰竭,性无能状态。

那远道归家的学生已对痛苦
模拟了上百次,可仍未配上影片里的音乐。
灵魂,又一次着了狐狸的魔,跳跃着
加入大合唱。发黄的松针不停地向下弹奏。

支撑房梁的圆柱是儒家几个腐朽的门徒,
但已无法从它们的肢体上辨认出森林。
此刻,蛛网停泊在视网膜上;
大门吱的一声沉重,搬动暗处的石头。

二

傍晚,布满蚕茧和丝绸的皱褶;
躲入胭脂的脸,闪过羞怯的淫荡。
楼梯像醉鬼一样呕吐上升。
秋风将窗帘酿成烈酒。

自细腻的纹路里冒出的樟香烟缕
追逐着萤火：一只寂寞的坐椅。
攀缘的紫藤爬入蚊帐。
悄悄润滴的月经，染红海棠。

这线装书的雨水没有页码，
在雨树下，听得见三百首唐诗的节奏
一遍又一遍在瓦片上揉搓、捣打，
沉闷低矮得像井边的青苔一样牢固。

三
潮湿地区的信仰不易保存。
石灰仅为封建的尊严起保险作用。
刷在墙上的白色，不是心情，而是道德。
道德，一种怎样与宇宙相处的光学。

群鼠啃啮一切，包括年龄。
梦需用文火慢煮，才会成一剂补药。
古瓶上的灰尘经过漫长的等待，
终于在一个雨夜，体面地嫁给了女仆。

1994 年 10 月 14 日

天空的梦遗：雪葬

冬雪，它的神经和光
犹如老鼠触须的一阵抖动；
今天早上，它和一位少妇、绸缎、记忆
连在了一起：响着脚镯的银声。

在江南水草上寻找诗人之爱的银声，
穿过物质的一代，可能会找到一点幽默，
因为有足够的闹剧活跃于舞台，
同时也因为这场广阔的冬雪
将阴郁保存在琥珀里，供我享用，
供瘦成僧徒的灰烬之子信仰。

可是当雪继续下着，伴随
弥天的脚尖、瞬间的洁白，以及牺牲，
这场 天空深处正举行的玛丽亚·茨维塔亚娃的葬礼
逐渐清晰，显现出死亡的意义。
在管风琴的烛影里，诗歌
没有一丝皱纹，如扑克牌，永远青春。
而乐队，在梦游中扩散着悲哀翻卷的乌云。
到夜半，石砌的水井开始失明，
（那眼睛，曾清澈过一队从煤层里开来的矿工。）

并且寂静深成了一根针,将岁月刺破,
流出的血,是无免疫力的寒冷;
只有梦想这张画皮,又透明,又洁净。

1996 年 2 月 27 日 长兴

一月的清晨

梳子和厨房的创世纪。
湿润的指尖翻开彩绘玻璃简洁的第一页。
这是清晨,街道尚未传染上噪音。
现在,一月的薄冰在加剧水乡的衰老,
——那皱纹里颓伤的城镇,
像医院的床单,已病得太久了。
它从砖缝渗溢的气息,由稻谷、初潮
和斑驳的霞光混凝而成;
也许,可以发现一种失落的生活。
(让我们用鱼鳞的银光将其瓷片打捞出来。)
从中,地主的女儿和她子宫里的阶级
将得到赦免,而我将得到历史。
当木纹随窗子的油漆一同打开,
凉风,依然领着河流走进树林;
于是我,我的手腕鸟雀般醒来,
像退休的法官,服从审美的需要,
转动几个改变我未来命运的电话号码。

1999 年 1 月 9 日

日子

那些风光,从每一粒琥珀里渗出来,
从屋檐下渗出来,从骨骼
和后宫的轻雷中不带面具的渗出来。

还有寂静,将银器摆上餐桌,
用仆人的懒惰凝想远方。
远方,可能有水,刚刚发芽
就准备流淌。

为一个日子微微摇摆它细小的蛇腰。

不错,树枝是对的——
让叶片站在高处,托住钟声。
没有铜从早晨掉下来,
也没有羚羊奔出乡村的墙壁。

只有方向,在迷失,在迷失,无限的迷失;
只有邮局,传染着传染着风俗。

1999 年 1 月 给晨瑜

雉城

太湖。雨水。油腻的钱柜。
我的人生就这样毫无防范的遗失了。
在此,我的才华被理发店
修整得杂乱无章;
苍凉的前额,穿过节气、丝绸和酒色,
穿过集体的细菌,
如送葬的哀乐。

就这样,屋瓦上的静穆
将天空揉碎,撒下水面。
刺中的日子,隐隐作炎。
和风暴一起藏匿于贫乏中心,
像一个继承者,
继承了幽灵的圈套,
昼夜游荡于长发之间。

生活。虽然并非残羹冷炙,
但毕竟是我们从墓碑后捡来的。
前辈们剩下的,包括少女
她们被美化的心跳
压迫着城镇,伤神的目光

在编织雨网。
如一条与水草相伴的鲢鱼,

用鳞片注视着锈蚀的星空,
我缓慢的脚步正形成灰烬。
孤独太冷,需要一盆炭火,
移走十二月的寒冬,
温暖我血管里的液体江南地图。
多年来,我一直绘制着它,
如一根羽毛梳理着肥厚的空气。

1999 年 2 月

致郊外的一位女孩

一
那封装入惊叹号的信
已经发出了。它正旅行在江南的深冬,
私奔于邮差皲裂的手上,实际上
它随一阵雨,凝固成一块蓝玻璃,
因为其中激动的泥泞泛滥,
因为你的眼睛认识了寒冷。

二
往事与随想,在静静地交配、产卵。
来年春天,那些新生儿会浆果处处。
你闻到时光衰老的腐味了吗!
我想用葡萄架上那瓶尚未酿造的酒
酬报你的日子,以及
发夹一样烫手的真实。

三
你的脚,应该是一双赤裸的梦,
在咳嗽的石子上颠簸。
患肺炎的小路,通往月光之域,
野鸡之城。那些冒牌孔雀

其实也懂得爱,懂得危险的温暖
——在一部疲惫的侦探小说里。

四
颓伤的南方小镇,没有一位女友,
只有忧郁的裁缝和一扇慵懒的窗。
一切,包括节气,都踩在青苔上。
然而,我遇见了水,一种
可以渗出孤寂的着魔的肉体。
我期望你的夜是其中一滴。

五
作为阴郁气息的童养媳,
你的目光含有梦幻的鞭痕。
一件受虐的内衣,浸染红色霞光。
当手指熟练地将你导向"初次",
我看见你的灵魂在天空下狂奔,
像一棵树抖颤出奇异的感激。

六
一封信,像一匹白马,从杭州到郊外,
从我到你,消失在雪里。
马背驮着飞掠而过的瞬间关怀,
抵达一处空旷的院落,那儿
风铃的静默,屋檐的迷茫

都在生长,触及疼痛嫩黄的芽。

七
另外,我用古典的歉意坦白:
我的孤寂是一具小小的樟木棺材,
其幻影来自一个透明的梯子。
寻找自身的少女,我应该
向你开启完美的骨灰瓮,
但你首先得通过嫁娶之门,霜降之谜。

八
郊外的雨,算是你的亲戚,
但你得用一顿晚餐帮它们付账。
善变的爱情也无法更改你的
出生地址。但有一只狐狸
会窃走你破败的命运,
将清新的声音灌入你的耳朵。

九
与早晨的梅花有关的你的同事
知道一些蚕茧和睡眠的事情,
以及伤寒和灶火间的对话。
在同样的忧伤打扰你们年龄的地方,
空洞的黄昏那颗古怪的心
似乎一直在抚摸,抚摸着生死。

十
不朽的厌倦囚禁着我们。
学校锈蚀的钟声撞击着砖墙,
像白雪,露出斑驳的未来。
你依然和影片一样,用青春的奶
喂养环境。远离头版新闻,
远离城市公共汽车那无智慧的迷宫。

十一
夜晚,在一本烫金书的影子里卷刃
烛光领来无力的思想。
我缺钙的语言,仍然失眠,
然而,纯洁的女教师,我发现
你留宿的肉体——向着悬崖在背叛你,
而黑的疼痛在用江南之手写着你。

1999年3月5日

给一位女孩

我喜欢一个女孩。
我喜欢一个黑巧克力一样会融化的女孩。
我旅途的皮肤会粘着她的甜味。
我喜欢她有一个出生在早晨的名字。
在风铃将露珠擦亮之时,
惊讶喊出了她,用雨巷
梦游般的嗓音。
我喜欢青苔经过她的身体,
那抚摸,渗着旧时代的冰凉;
那苦涩,像苹果,使青的旋律变红;
使我,一块顽石,将流水雕凿。
我喜欢一个女孩的女孩部分。
她的蚕蛹,她的睡眠和她的丝绸
——应冬藏在一座巴洛克式的城堡里。
让她成长为女奴,拥有地窖里酿造的自由。
我喜欢她阴气密布的清新吹拂记忆。
她的履历表,应是一场江南之雪,
围绕着一个永远生锈的青年,
一朵一朵填满他枯萎的孤独。

2001 年 1 月 30 日 现场即兴

初春

郊外的初春被薄冰领着
到了水边。幼小的反光
说明一切都是新的,包括殡仪馆。
死亡也像刚换上了衣领,显得洁净。

冷,嗫嚅着,谦虚着,
松开捆绑的人质。
我只想用一片处女膜交换整体。
也许,我仅仅受雇于潮湿的绿火,

一阵一阵的燃烧。灰烬
现影于寺院的墙上,
是错误的寂静;
其中的疼痛,清澈见底。

我祈求一种魔术:
让镜子抢救出来的嫩芽
找回泥泞,我的目光
像父爱,均匀地涂抹着她们。

2001 年 1 月 31 日

莫名的纪念

一个绣着梅花的午后,
埋着白银,在无名的地下。

当风小了,小得像一双新鞋,
穿过游廊和严肃的厅堂,
你可知道,你七岁了。

七岁的肉体,内敛着光泽;
空气像脆薄的绸缎
尖细的撕裂。

池塘里的水和屋檐下的雏燕
都因寂静而理智;
只有钟表后的学徒
头脑一阵晕眩。

2001 年 2 月 27 日

乡党

离开之前,你就早已把老家回遍。
现在,你能回的只是一堵
被雨水供养的墙壁。
在斑驳中,你幻象般真实。
往事弯下威胁式的膝盖向你求爱;
你退避着,缩小着,吞咽着生锈的奶。

乡党,我也是一道填空题;
在月光锯齿的边缘晾晒街道。
石板上的盐,并非可疑时光。
出嫁的屋顶,仅仅是翅膀在收租。
而从雕花门窗的庭院里,不经意地会流露
我们细小的外祖母封建的低泣。

不过,你将会受到迷信的宴请。
不必去破除那些落叶纷飞的软弱。
即便你能把吉他弹奏出黄昏的形状,
也不会有一根弦为你出生。
在我们县衙贪婪的裙底,
仍是发霉的官员在阵阵洗牌。

一年四季，仍是名副其实的徒劳。
然而，当你再次回来，准备鞠躬；
乡党，我将像一枚戴着瓜皮帽的果子，
送你一副水的刑枷，我已经
被铐住示众多年。还有，让修正的眼光
领你去观赏：太湖，我的棺材。

—2002 年 1 月 25 日 致何家炜

她的简历

她的记忆里有一根烧焦的羽毛,
也许,不止一根。
她需要一把江南木梳。
许多年冬天,她固执己见的哮喘
像皇后的脾气一样优雅的发作。
遭殃的不仅是周围的弄臣,还有邻国的主权。
一天她醒来,感觉无端的晶体
挂在眼角:预言了一场近视的爱情。
然而,更昂贵的悲剧却是——
特洛伊焚毁之后,废墟成了她的情人。
由此可见,她会使用一瓶有墓穴味的香水。

我对她的了解几乎为零,
但却像一位蒙面的考古专员,
仅凭随意捡起的几块瓷片、一二根绢丝,
拼凑她还沾着土的肢体:
她的性别,出生于七十年代。
她的湿润度,源于一位船长,她的父亲。
还有一笔债务,属于她家族一段难言的隐痛,
她将用羞怯和颠簸偿还一生。
在她成长的病历卡上,有一页

记载着一位著名而潦倒的人物；
暂时，他尚是启示录里一只朽坏的罗盘。

关于聪慧，我不想用一面镜子来谈论，
这样会使她的血液双倍流逝。
当年，梦与绝望这对马蹄
踏破小渔村腥味的空气。
她，蒙古族的后裔，终于对草原有了交代；
就像句号找到了归宿，
她懂得了写作使霞光灿烂。
但，仍有一片薄冰决定不屑于原谅她。
如同她把不眠的手移居到海底，
不屑于回答陆地上的声音。
她，正用多余的漫长，教育着那遥远的陌生人。

2002年2月5日 致BYT

隋朝石棺内的女孩

日子多么阴湿、无穷,
被蔓草和龙凤纹缠绕着,
我身边的银器也因瘴气太盛而熏黑,
在地底,光线和宫廷的阴谋一样有毒。
我一直躺在里面,非常娴静;
而我奶香馥郁的肉体却在不停地挣脱锁链,
现在,只剩下几根细小的骨头,
像从一把七弦琴上拆下来的颤音。

我的外公是隋朝的皇帝,他的后代
曾开凿过一条魔法般的运河,
由于太美了,因此失去了王国。
圣人知道,美的背后必定蕴藏着巨大的辛劳。
我的目光,既不是舍利、玛瑙,
也不是用野性的寂静打磨出来的露珠;
但我的快乐,曾一度使御厨满意;
为无辜的天下增添了几处鱼米之乡。

我死于梦想过度,忠诚的女仆
注视着将熄的灯芯草责怪神灵,
她用从寺庙里求来的香灰喂我吞服;

我记得,在极度虚弱的最后几天,
房间里弥漫着各种草叶奇异的芳香,
据说,这种驱邪术可使死者免遭蝙蝠的侵袭。
其实,我并不是一个无知的九岁女孩,
我一直在目睹自己的成长,直到启示降临。

我梦见在一个水气恍惚的地方,
一位青年凝视着缪斯的剪影,
高贵的神情像一条古旧的河流,
悄无声息地渗出无助和孤独。
在我出生时,星象就显示出灵异的安排,
我注定要用墓穴里的一分一秒
完成一项巨大的工程:千年的等待;
用一个女孩天赋的洁净和全部来生。

石匠们在棺盖上镌刻了一句咒语:"开者即死"。
甚至在盗墓黑手战栗的黄土中,
我仍能清晰地分辨出他的血脉、气息
正通过哪些人的灵与肉,在细微的奔流中
逐渐形成、聚合、熔炼……
我至高的美丽,就是引领他发现时间中的江南。
当有一天,我陪他步入天方夜谭的立法院,
我会在台阶上享受一下公主的傲气。

2002 年 6 月 8 日 给陆英

白云庵里的小尼姑

冬日之光停留在瓷碗的釉上,
一朵菊花,播下了暧昧的种子。

你低首,从佛龛里无语地走下,
朴素的曲调,一尘不染。

我知道,你是信仰的防腐剂、小家奴,
影响着来世的气候。

如果我是一位年轻初学的园丁,
刚从一阵不雅的芳香里直起腰杆,

那么,我的笛音就会认出,
你是被晨风点名的女生——

清新的脸庞,无所事事的天空,
灿烂的肌肤把祖母忘得一干二净。

祈祷跪毯精细的莲花图案,
已被你的膝盖磨损成经文。

然而，你满月之时的咳嗽，
是否会照亮我墓志铭上的瑕疵。

2002 年 7 月 1 日 致陆英

秋祭

灵隐寺的钟声散落到城里。
疲倦的枯藤，倚靠着城墙根睡去。
有暗藏毒药的指甲缝，
浸在了皇子的酒杯里，
秋天呵，成灰的秋天，
将菊花含在了月光的嘴里。

庭前的旧水缸，盛着一场明代的雨：
是巫师留下的一顿晚餐，
是忧郁呈献在江南案几上的供品。
微薄的彩礼，合乎道德。
秋天呵，神农氏的秋天，
用苍凉纺织着闲置的耕田。

去年的学徒，仍将沉默保持得黑瘦。
当花轿停在表妹的抽泣里，
阵阵唢呐颠覆着童贞，
只有红灯笼，是西风的姐妹。
秋天呵，革命的秋天，
一批一批的活着在死亡。

在时光多余的腿上，梦在抚摸木头。
小小的窗子，仿佛是茴香所打造的
一种眺望；
探出身子，有一半是狐狸。
秋天呵，京都的秋天，
嫔妃们的要求已不能实现。

2002 年 11 月 15 日给宋琳

梅花酒

那年，风调雨顺；那天，瑞雪初降。
一位江南小镇上的湘夫人接见了我。
她说，你的灵魂十分单薄，如残花败柳，
需要一面锦幡引领你上升。
她说：那可以是一片不断凯旋的水，
也允许是一把梳子，用以梳理封建的美。
美，乃为亡国弑君之地，
一弯新月下的臣民只迎送后主的统治。
这些后主们：陈叔宝、李煜、潘维……
皆自愿毁掉人间王朝，以换取汉语修辞。
有一种牺牲，必须配上天命的高贵，
才能踏上浮华、奢靡的绝望之路。

她说这番话时，雪花纷飞，
在一首曲子里相互追逐、吻火。
我清楚，夫人，你曾历遍风月，又铅华洗尽；
你死去多年，人间愈加荒芜：梦中没有狐女，
水的记忆里也没有惊鸿的倒影。
根据一只龙嘴里掉落的绣花鞋，
和一根丝绸褪色的线索，
我找到了你，在清凉之晨，在荒郊野外：

你的坟墓简朴得像初恋的羞涩，
周围的青山绿水渗透了一种下凡的孤独，
在我小心翼翼的目光无法触摸之处，
暗香 浮动你姐妹们的名字：苏小小、绿珠、柳如是……

夫人，虽然你抱怨了阴间的月亮、气候，
以及一些风俗和律法，
但唯有你的死亡永远新鲜，不停发育。
从诗经的故乡，夫人，我带来了一瓶梅花酒，
它取自马王堆 1 号汉墓帛画的案几中央，
据说，酿制它的那位画工因此耗尽了魔力，
连姓名也遗失在雪里，融化了。
我问道：是否我们可以暂时放下礼仪，
在这有白玉和金锁保佑的干净里，
在这凤凰灵犀相触的一瞬间，
让我忏悔、迷醉，动用真气，动用爱情。
唯有爱情与美才有资格教育生死。

2003 年 1 月 23 日 给柯佐融

梦话从前

细雪将黎明打磨成银子；
一片虚弱的水，在说梦话：

是蚂蚁的眼光，在照亮前途；
是古董商的阴谋，在布置婚礼。

恰似"鸟初叫，花贵了"之时，
蚕眠在继续，生命在仿佛：

从前，我旁边有床被子凉着，
夜雨里还有破瓜声和肺炎呢。

从前，他们交给我青春：
临时搭建的天空，简单的蓝天、白云；

哦，还有战地护士的春天，
原野上崇高的忙碌；

一种束手就范的心跳，
转瞬就在骨子里吹拂彻底的薄情。

从前，冬日正设法穿过人群，
逐渐使锋刃增加一点人性。

贞节牌坊立起在镇子中央，
道德被雕刻得无比精美。

2003 年 1 月 25 日 致江弱水

童养媳

风铃送来了一朵小雏菊；
礼物还嫩黄着，在土地庙隔壁，
她将蜘蛛分泌的寂静据为私有。

患了水乡幽闭症的寂静，
身份低暗，只配做童养媳。
如同一枚银币沉入瓮底，
她丝质的处女手腕，
有滑润的血痕，透亮如玉。
不是虐待留给官府的证据，
是那揪心的美，在搬弄是非。

当军阀和马蹄进驻城里，
经常可闻四世同堂的显赫家族，
被悲剧抄了家。

唯剩后花园，露珠像语录
一闪一闪。瓦砾
巧妙地传递着潮湿和微光。
似乎永远有一座戏台，喧闹着。
夜风送来了一桩买卖，

爱情的买卖,趁她童年熟睡之际。

2003 年 5 月 19 日 给顾慧江

香樟树

烟花、萤火虫和山坡
还有初恋的口红
还有我用琥珀保存的邻家女孩:

一切,都被劣质海报温暖过,
在老城区,
在护城河黑浊的注视下:
一切,都有名字,
被稚嫩的喉咙喊过。

我承认,拷打我、逼迫我成长的刑具
——是江南少女
湿润的美貌让孤独丛生。

我承认,我谈论的仅仅是
一棵香樟树,
它闹鬼、冲动、尚未枝叶飘摇
但它的清香已把空气抽打成一片片记忆:

随腹部受孕的悸动,
将背叛蔑视到遗忘里。

2003 年 10 月 31 日 给王瑄

小城之秋

梳妆匣里薄荷味
告诉你的脸"早晨了"。

那药渣一样乱弃在巷口的
霞光:点烟的姿势出自国产影片。

一支哀曲在往事的簇拥下,
从图书馆到石拱桥,经过中药铺。

我看到你体内瘦小、冰凉的阴影,
抬着一具樟木棺材。

埋葬的不是爱情,
是淡水鱼类:一面太湖龙镜。

它照亮生活虚构的真实,
和末代皇帝的墓穴。

将灵魂附体在福字图案的木窗棂上,
它更本质,也更重要。

2003 年 10 月 11 日 致黄祁

苏小小墓前

一

年过四十,我放下责任,
向美做一个交待,
算是为灵魂押上韵脚,

也算是相信罪与罚。
一如月光
逆流在鲜活的湖山之间,
嘀嗒在无限的秒针里,

用它中年的苍白沉思
一抔小小的泥土。
那里面,层层收紧的黑暗在酿酒。

而逐渐浑圆、饱满的冬日,
停泊在麻雀冻僵的五脏内,
尚有磨难,也尚余一丝温暖。

雪片,冷笑着,掠过虚无,
落到西湖,我的婚床上。

二
现在苏堤一带已被寒冷梳理,
桂花的门幽闭着,
忧郁的钉子也生着锈。

只有一个恋尸癖在你的墓前
越来越清晰,行为举止
清狂、艳俗。衣着,像婚礼。

他置身于精雕细琢的嗅觉,
如一个被悲剧抓住的鬼魂,

与风雪对峙着。
或许,他有足够的福分、才华,
能够穿透厚达千年的墓碑,
用民间风俗,大红大绿的娶你,

把风流玉质娶进春夏秋冬。
直到水一样新鲜的脸庞,
被柳风带走,
像世故带走憔悴的童女。

三
陪葬的钟声在西泠桥畔
撒下点点虚荣野火,
它曾一度诱惑我把帝王认作乡亲。

爱情将大赦天下，
也会赦免，一位整天
在风月中习剑，并得到孤独
太多纵容的丝绸才子。

当，断桥上的残雪
消融雷峰塔危险的眺望；

当，一座准备宴会的城市
把锚抛在轻烟里；
我并不在意裹紧人性的欲望，
踏着积雪，穿过被赞美、被诅咒的喜悦：
恍若初次找到一块稀有晶体，
在尘世的寂静深处，
在陪审团的眼睛里。

2004 年 12 月 3 日 杭州，大雪，给宋楠

小男孩

小镇上有盐粒和白光,
有胆怯、卑微的泉源。
一个小男孩,坐在门槛上,
潮湿的身体,长着眼睛;
那尘埃般疼痛的脸,
忧郁、无辜,
瞬间流过绝望的意义。

他是一只柚子,
一九七三年秋,被母亲从山林里
虚构到喧闹的人间。
比起镰刀上的锈斑,他更懂怜悯;
比起风中的姐妹,他的禁忌
尖锐而寂静;那一刻,
水光啮断了他的呼吸。

也许,一个谜,一个悲剧的时辰,
才能解开他的绳索,
那系住生命手腕的火焰。
但祝福依然是鸟啄:
在早晨的斜坡上,阴影释放出

墓碑、露珠和眺望，
还有一份圣餐；

哦，还有他前额奉献的羞愧。
他坐在门槛上，一个小男孩，
注视着鬼魂幸福的舞蹈，
拒绝成长，因此，他愈加成熟。
他匿名活在一首诗里，
在一首诗里晕眩、吻，
并承接不可复制的水滴。

2005 年 1 月 21 日 给泉子

进香

一
从蛹到茧,再抽丝织锦,
北风把水乡又吹亮了一遍。
多病的桑树林也长高了一岁。

有虫咬痕迹的末代村姑
更憔悴了,
清新的早点也做糊了。

冥想着青豆、丝瓜和糖糕,
我像一杆废弃的秤,
已计不准婚姻的重量。

现在是,佛门广阔,红尘窄小。
积雪上无辜的爪印
让我显形,如一枝腊梅,

来到修炼成佛的真身金像前,
进香、跪拜、许愿,
思想已在我的命里种下几缕虚烟。

二
水做的布鞋叫溪流,
穿着它我路过了一生。
上游和下游都是淡水。

我的墓碑,可总结为:
一张透明的脸,
一种永不生锈的鱼腥味。

此刻,冷风把我吹到山顶上。
大雪在通往树林的中途,
留下纯洁;

使我得以在一片白色里窥视,
巍峨的苦难,
所负载的万象。

愿这块地藏王指挥下的诵经工场,
云霭缭绕,挣脱引力,
教我学会爱的安详。

2005 年 2 月 17 日给杨岭

天赋

我的天赋是水，是一片被竹子和鱼鳞点燃的活水，

它嫩得寂静，又亮得暧昧。

如一条血龙，一支苦笛，脆弱在江南最后的挽歌里，
脆弱成青花瓷瓶、白玉簪子，
并随点点清寒的砧声没落、阴郁。

我的天赋是天上之水，是被春光望穿的秋水，
它融入了祖母的初恋，妹妹的孔雀开屏，也融入了
　　风铃对童年无尽的眺望，

和云鸿塔所呼吸的山野之气。

终究，我的天赋会超越水和水，用世俗的一地鸡毛，将房梁抬高。

2005年5月3日 杭州

炎夏日历

一
江南,仍是免费的忧郁。
比起杜甫得到的战乱和颠簸,
我逊色如一位穷亲戚,
口袋里只有偏僻的水光、山色。

或许还剩一张猫脸,
把美懒惰成九条命;
其中一条,在为爱情招魂,
用一只驮在牛背上的竹笛。

二
疼痛的芭蕉叶知道,
七月会在庭院里熄火。
睡在床单上的寂静,
犯下了梦奸罪。

似乎皮影活动的侧光,
微照天宫图;
仿佛雷雨,那炎夏唯一的毒吻,
给了我格调低下的安慰。

三

小货郎放下了拨浪鼓,
也不见幸福株连了什么。
杭州府,无言的莲心瘦了,
西湖的淤泥肥了。

我,蝶恋花的后人,独自
构成了一座水的博物馆。
孤单的记忆收藏了,
集体的无边风月。

四

我的年龄已沾上了灰尘,
朋友们大多也已疲倦。
等在雨巷尽头的那把油纸伞,
名字叫紫丁香。

像一叶肿胀的帆,
我航行在酒桌上;
心情受蚊虫叮咬,
碎银在店小二的黑手里消融。

五

从时代泄露的小道消息说,

偶像用失恋来避暑。
我与时尚勾结、寻欢,
已二月有余。潮流又换了一茬。

我终于谋杀了牙医,
用一颗爱情的坏牙。
他径直穿过炎症进入酒吧,
匆匆忙忙去享受无可救药的绝望。

六
被空虚消费之后的城市,
残留下一把梯子,通往晕眩。
想起杜甫,我的一次前世,
喜欢莼菜和菊花,

也喜欢晚蝉将窗棂雕刻。
精美的苦难并不罕见。
一条床单的性感褶皱,
其中灌满了闪电。

七
适合金牛座上烹调课的一天。
没有私生子,没有伟大,
实木地板清洁的光,
把风暴抚平成小夜曲。

我困扰于自身的流亡,
一脸的千山万水茫然若失。
不屑于勇敢,对着渐行渐远的背影,
一路的酸痛在铺展。

2005年8月给方石英

箫声

一
这时,一抹寒带的晚霞,
在果园里寻根;

一条被驼背调戏过的杏花河,
将掌故洗净;

深爱菜场的窗户,
开向旧时月色;

在江南绿色琉璃的底座上,
小母亲受了水精子的孕。

这时,一支陪葬的银箫,
从余温里吹起,

那生命微微起伏的褶皱,
浸泡着完美。

追忆光辉的冬日寺庙,
负有赎罪的责任。

二
那吹箫的女生是个幻影,
微弱的气息尚未接通阳间。

她吹着,曲调悲喜交织,
断断续续描绘了季节的飘零;

荒凉的帝国,
像挂在蛛网上的爱情尸体;

一个民族几代人的税收,
只精制了二三只木鱼。

她穿着一件金缕玉衣,
肉身隐匿成谜。

像黎明光线下的时尚英雄,
她陷入了寂静的十面埋伏。
永不腐烂的仇恨力量,
在崭新闪亮。

三
在打磨了不含水晶的露珠,
和粗糙的悼词之后,

在饱食了吴越风情，
醉饮了奢靡的气息之后，

她雨水的嘴唇，
有了喜气。

她发着情，
身体像一只柔软的蜜罐，

她在一幕悲剧的高潮里发着情，
不顾阶级利益，

也无视一支用以屠杀的军队，
行进的意志。

岁月在箫声里忽隐忽现，
一种悲怆拯救了此刻。

2005 年 12 月给王音洁

梅花开了

梅花开了,才知道还有家乡,
才记起还有情事未了。
他只会叫她名字的一半,
或许,她已从繁体简化到优雅,
像清凉寺的雪,
散发出禁欲的青草香。

带着歉意,安静的心
微微送别;
送别疤痕里的深浅隐痛。
岁月,热闹而怀孕着,
敲门声有着姓名,
连枝条上的脆弱也呼吸善良。

平庸的空气所认同的地方志,
不会记载茶馆里的流言。
梅花开了,道德依然贫瘠,
那些粉红的信笺上只写着一个字:爱。
爱,这个小小的非凡的主义,
尘土坚持了最久。

无奈的,俗世的圣徒,
穿过鞭刑密集的花雨:
孤独使他的脸很遥远,
人们只能吻到东方星空的味道。
梅花开了,寒冷熟了;
往昔重了,爱情寂静。

2006年2月20日致北岛

ZXH 画像

一

一位小女孩,不懂烹饪和私奔,
就试图流泪了,
在啼笑皆非的镇子里,
春绿了。

天边的景象,
不是你看得清的家庭悲喜,
是一股煎熬封闭的味道纠缠着月亮。

如何做潮湿事物的同龄人,
又如何把恋爱搞成会客厅,
她努力着,
学习虚度光阴。

一个清晨,她突然野蛮,
将梦想又重新翻译了一遍,
使一首古诗变成了一纸悔过书,
随即,她弯下腰,
向谦卑做检讨。

二
她有擦不去的，访美的痕迹；
比如，一只苹果，一件潮汐的内衣；
再比如，小野猪的激情。

哦，一部外交史，
才可满足她永不憔悴的心力。
当她轻盈的脚步，
养肥了春光；

当微凉的雨丝，
打开了她菊花的体香，
淡淡的、低调的反对着革命。

那些化了戏妆的姐妹，
敏感区域的镜子，
无法取代她，
痛苦也不行。

三
河流清澈了，也虚弱了，
她说，放假了。

寂静从她的头顶掉落下来，
听不到尖叫，

也没有漩涡,
把年月卷入繁华的集市。

龙舟,优雅地停泊在荣耀里,
燃烧的水光是那么干净。

她知道,孤独,怜悯,酒等等,
都是些木柴,点着了
就阻挡不了它们的凝视、奔流。

一切,仅仅希冀她,
在浮世
分泌出一个彩绘的家。

2006年5月3日

短恨歌

把恨弄短一点吧,
弄成厘米、毫米,
弄成水光,只照亮鲑鱼背上的旅行;
弄成早春的鸟叫,
离理发师和寡妇的忧郁很近。

不要像白居易的野火,
把杂草涂改成历史。
也不要学长江的兔尾,日夜窜逃不息。
更不要骑蜗牛下江南,缠绵到死。

把恨弄短一点,
就等于把苦难弄成残废,
就等于床榻不会清冷。

在孤独纷飞的柳絮下,
爱情是别人的今生今世,
即便我提前到达,也晚了;
即便玉环戴上无名指,
恨,也不关国家的事。

2006 年 8 月 20 日

同里时光

青苔上的时光,
被木窗棂镂空的时光,
绣花鞋蹑手蹑脚的时光,
莲藕和白鱼的时光,
从轿子里下来的,老去的时光。

在这种时光里,
水是淡的,梳子是亮的,
小弄堂,是梅花的琴韵调试过的,
安静,可是屋檐和青石板都认识的。
玉兰树下有明月清风的体香。

这种低眉顺眼的时光,
如糕点铺掌柜的节俭,
也仿佛在亭台楼阁间曲折迂回
打着的灯笼,
当人们走过了长庆、吉利、太平三桥,
当桨声让文昌庙风云际会,
是运河在开花结果。
白墙上壁虎斑驳的时光,
军机处谈恋爱的时光,

在这种时光里,
睡眠比蚕蛹还多,
小家碧玉比进步的辛亥革命,
更能革掉岁月的命。

2008 年 3 月 13 日 给长岛

锦书之一:立春

一

立春。邮差的门环又绿了。
壁虎也在血管里挂起了小的灯笼。
寒气贴在门楣上,
是纸剪的喜字。
祖母在谈论邻家女孩的蛀牙,
声带布满了褶皱。

我的书法没什么长进,
笔端的墨经常走神,滴落在宣纸上,
化开,犹如一支运粮的船队。
它们也该向京城出发了。
我给你捎去了火腿一支、丝绸半匹和年糕几筐,
还有家书一封。那首小诗
是我在一个傍晚写成的:门前的河流
让镇上的主妇们变得安静,
河水拐弯熟练得像做家务。

不远处,就要过年了。
节日的气氛整天在我身边忙碌。
似乎橱里的碗也亮了许多。

至于庭院里的那株腊梅,
喧闹得有点冒昧,又有点羞愧。

每当夜风吹过,就会有一阵土腥弥散。
水乡经过染坊的漂洗,
成了一块未出嫁的蓝印花布。

二

解冻之时,木犁
或者虫蚁疏松着泥土。
当然,还需检查地窖阴暗的湿度。

今日,在管家的安排下,
全家都在擦拭、扫房和沐浴。
女童的缎鞋则像刚开封的黄酒,
匆匆穿过精巧的游廊,
在空气两旁刺绣出瑞香与迎春。
你知道,在这欣欣向荣的柳风里,
我应该拥有梳洗打扮之后的心情。

但是,衰老的冬天仍有着苛刻的寒冷。
三更敲过之后,整座府院
就掉进了一幅"寒江钓雪图"。
墙上的古筝,荒芜又多病。
火盆里的炭将一生停留在灰中。

岁暮的影子，
又徒增了些许无辜的华丽。

2002 年 正月

锦书之二：冬至

一

这一日，像舂白的米粒一样坚实，
如冬水酿的酒一般精神。
厅堂里张挂着喜神，
磨面粉的声音不断溢出墙外；
之前，穷亲戚们提筐担盒，充斥道路；
送来汤圆、腌菜、花生、苹果……

我们家族繁茂、绵延，
靠阴德、行善福泽了几代。
冬至日，乃阴阳交会之时：
不许妄言，不许打破碗碟，
媳妇须提前赶回夫家，
依长幼次序，给祖家上香、跪拜。

俗语道："冬至之日不吃饺，
当心耳朵无处找。"
数完九九消寒图八十一天之后，
河水才不会冻僵听觉，
春柳才会殷勤地牵来耕牛。

一年之中最漫长的黑夜,
就这样捂在铜火炉里,把吉气捂旺;
如乡土的地热温暖一瓮银子。

二
一线阳气先从锈针孔醒来。
我换上大红云缎袄,绣着梅花,
像戏班子里的花旦。
我通宵为火炉添置炭末、草灰,
不时感到揭开瓦片的寒意。
北风从荷花池经过,
枯乱地偷走几丝
洗湖笔留下的墨香。

虫蛀的寂静是祖传的;
高贵,一如檀木椅,
伺候过五位女主人的丰臀,
它们已被棉布打磨得肌理锃亮。
唉,那些时光,看着热闹,
实际上却不如一场大雪,
颠簸、自在,
鹅群般消融。

恍惚中,环佩叮当;
隐匿在香案、贡品后面的鬼魂,

试图在公鸡啼鸣之前,
将我疏栅放去。
我犹豫着,想到礼仪。

连日来,钟鼓楼只传放晴的消息,
就是说年节要陷在泥泞里了。

2005 年 1 月 9 日

锦书之三：除夕

一

岁暮之际。米店的生意愈加兴旺。
小学徒不经意闻到了雪花的清香，
在石板路上轻撒。
茶馆已打烊。
惊堂木贴上了封条。
黑匣内贪睡的官印
证明师爷和家眷去置办年货了。

似乎寒冷明白我的心情：
紧张，并不甜蜜；
如一条风干的腊肉，
晾挂在通风的廊檐下。
这些天，街坊邻居忙着接送神灵；
忙着占风向、起荡鱼、选年画；
忙着做小甜饼，拍灶王爷马屁。

现在，整条街随账房先生的算盘，
零落地安静下来。
佛堂里的香火开始念经。
我点起红烛，那忽明忽暗的雀斑；

接着,爆竹声连成了一片。

二

有威严的门神做猎户星座,
有驱寒的花椒和喧闹的家人。
祝福如期而至:
从四世同堂的八仙桌前,到家谱展开,
光耀门庭的那一刻。

今夜,是唯一的;
虽然已重复了上千次,或者更多。
侄女和外甥像一对布老虎,
围着冬青、松柏燃起的火堆嬉戏,
可爱,散发出土气、奶香。
我把压岁钱放入苏绣荷包,
压在棉絮枕头下,
保佑他们的身体远离妖魔。
夫君,家乡最不缺的就是打更声,
也不缺充满思念的铜镜。
此刻,雪月没有吠叫,
腊梅树泛滥着影子,
也没有花轿抬我到千里之外。

守岁的不眠之夜如同猫爪,
从鼠皮湿滑的光阴里一溜而过,

微倦,又迷离。

2005年1月16日

雪事

一

初雪,她的每一次再婚,
都在峰顶之上,
依然洁白、处女精神;

我那张搁在北风里的老脸,
也曾经被覆盖,
如一曲蝶恋花伤透俗世半座空城。

杂草林间,仅此一件雪事,
可称作失恋残酷物语,
为此,我默默地收拾后半生。

还有什么饭碗,
值得我一步三叹、九曲回肠,
做皇帝也不过是弄到了一只更易碎的玉碗。

我愿搭乘一头牛,
把离别的速度慢到农历里去养蚕,
把今生慢到万世。

二

这座山常年受蚊虫叮咬,
这条水声昼夜挂在树枝上,
这里的县长很光荣。

这便是我风迷酒醉的乡土,
如今,它的五脏六腑被大雪腌制。
一切,静止于钱眼里。

只有寒冷夹带着宗族势力,
满足头版新闻的垃圾内需;
只有我被忧伤私有化了。

开始明白,古墓普通话
不可能和市井混混打成一片,
我暮色累累的岁月属于一种修辞浪费。

终于疲惫到各就各位,
禽鸟分飞。
每朵雪花都是重灾区。

2009 年 2 月 5 日 致杨莉

今夜,我请你睡觉

永远以来,光每天擦去镜上的灰尘,
水无数遍洗刷城镇,
但生活依旧很黑,
我依旧要过夜。
茫茫黑夜,必须通过睡眠才能穿越。

西湖请了宋词睡觉;
广阔请了塔克拉玛干沙漠睡觉;
月亮,邀请了嫦娥奔月;
死亡,编排了历史安魂曲;
非人道的爱情睡得比猪更香甜。

睡觉,如苦艾酒化平淡为灵感;
如肥料施入日历,抚平紊乱;
使阴阳和谐,让孤独强大;
一种被幸福所代表。

可没有人请我睡觉。
为什么?!为什么
在这比愚昧无知还弱小多倍的地球上,
居然没有人请我睡觉。

我,潘维,汉语的丧家犬,
是否只能对着全人类孤独地吠叫:
今夜,我请你睡觉。

2009 年 9 月 6 日给张道通

大雁塔

大雁塔在纷飞,
它将自己的漫天雪花混迹于市,
它想品尝颠倒众生的酒家茶楼。

它千年的土砖如点燃的水晶,
沉重的漆黑迎面融化,
长安城连根都在轻盈飘飞。

我的经书,
无论关于银子还是牡丹,
不取自艰难困苦,不取自善恶,
而取自越剧的、昆曲的、秦腔的锦绣液体:
不断解放的丰乳肥臀。

我的抵达与未来,
已浑然一体;
我生命的神话,
就是被国色天香的大雪无限纷飞。

大雁塔在熊熊纷飞,
唐三彩也正在气象万千的炉火里成型。

2009 年 11 月 19 日 给周公度

东海水晶

一

从厨房里出来,月亮才有味道。
到草根小城,就会明白,
水晶会保佑清风,
把铁轨吹向免票的空中:
那里,温泉、乐府、预订的隐私。
仅剩的孤独恰好被误读。

二

我喜欢草尖上的液体水晶,
徒然说着闲言碎语;
其中,人不过是一点杂质,
最多变为一根金丝或绿幽灵。
雄浑到永垂不朽的是集市,
那里,人声鼎沸,交响成黑煤。

三

东海县的水晶储量,
可以解决多少神圣问题,
或者说可以打制几副透明石头棺材?
已有一副,盛满了防腐液,

名词冠上形容词宪法般躺在里面,
受常用动词反复打扰。

四
通过众多水库、湖泊的烛光,
我小心翼翼地问道:
可否用一船酒色财气俱备的矿石做原料,
为我熔炼一把紫晶筛子,
每当我伸手,
就会筛选出要握住的友谊。

2001 年 2 月 15 日 给胡志毅

法华寺

一
风落上水面,
形成迅疾的鱼皮。

青草、橘树、枯荷为每一个早晨调味。

星空溶入大海,
济州岛永远的淡着。

只有匆忙者是咸的、活的、肉类。

大静的空气轻倚低矮的门框,
屋顶的眺望,欲念虚无。

善浪滚滚的油菜花呀,
听惯了潮汐——
打开牡蛎、镀银带鱼。

法华寺:一种返璞归真的秩序,
在空间的最高处,
垂挂着明姬的几根线条。

二

午后:虚静、绿茶开封。
灵魂的灰烬万紫千红。

不远处,一条懒狗守护着乡愁。

是否几阵柳雨,
错过了一位女子浮世的优雅,
同时,也错过了出家之美。

很多人把书读到了狗的身上,
我把一生,读到了桃花里。

一树的鸟声随落花低低飞翔于脚趾上。

我只想告诉你,明姬,
你是空城计里那把沉香古琴,

当烟雾散尽,宽大的岁月显现纹理,

思想比末代和尚还清净。

2009年3月21日 济州岛,给明姬

记忆：二

从糖果店出来的顾客，立即就取悦了空气；
尘埃 粒子在光线里跳动，马戏团成员放弃了进食的欲望……
一切，水磨成嫩豆腐。

我感冒，呼吸骑在一头豹身上，脾气斑斓。

而母 亲的恋人在异乡：一个郎中，一个越剧小生，名字都叫春风，
他们的家拎在手上：柳条皮箱。
如果几味中药可以颠倒生命，
那么一套戏服则会玩弄光阴。

我居住的小镇，只有一条窄窄的街道，
青石板从南到北，延伸着脚印和雨声。
邮递员就是向日葵，
带来首都的最新指示。
男女 老幼，一律着藏青色布衣或绿军装，聚集在高音喇叭下；
有人头戴纸糊的高帽，上书"牛鬼蛇神"；
有人握紧拳头呼叫："打倒一切反动派。"

我感冒，永远停留在五岁。
紫气东来，充满广场。

同时，豆芽般弱小的惊叹号也打倒了我的感觉，瘫倒的悲痛，如一摊水渍。

2011 年 5 月 5 日

雪窦山

一

我在一朵云上订了座,
一朵雪窦山的白云;

当我刚从一场恋情里下野,
就上了这鬼斧神工的轿子;

哦,是哪一种呢喃妙手回春,
从枯松里焕发出葱郁的万年青;

英俊的意志,
以一种俯视的低速飞翔消融积雪;

千丈岩飞瀑直下的禅光,
抚慰着黄龙,在潭水玄妙处;

对着这卸了戏妆的秀丽山水,
黎明出现,鞠躬,再鞠躬;

似惆怅消失在迷雾里,
更如新鲜轻雷剥开几只水蜜桃。

二

第一次，我梦游了雪窦山，
初恋心态，皱巴巴的；

从景色里出来，星空点点虚汗；
弥勒佛的大笑反复熨烫不平静的波澜。

多年后，当日子懒成岁月，
千层饼一层层脱去孝廉滋味；

这时，虎啸再次开阔了妙高台，
雪窦山在溪水里又流淌了起来；

应了红楼梦，补天是它的另一生；
应了我的忧伤，青天白日；

可否将我的醉话种在这里：
生活的中枢是眺望，

我还愿的脚步是一种亲情，
读懂它，天空很快就会围拢过来。

2011 年 8 月 17 日赠葛黎明

月圆之夜

月圆之夜,
世界变得简单,
寂静,悬挂着、赤裸着苍白。

月光劈开潮湿的街道,
蓝烟点燃那个被厨师烹饪到丰满的甜女孩,
很快,很快,她会发生质变。

月圆之夜,
亲情血脉旺盛,
听得见妈妈小小的家无穷的呼唤。

我们都是月亮的人质,
我们的骨灰只撒在回家之路上,
如,风中毫毛。

在暗中,对几两碎银说,
够了!可以放下斧子,
去西湖颓废了。

对扭曲水泥的城市说,

呸,叛徒!把圆圆的村庄还给我,
里面仍要裹着红豆的馅。

2011 年 9 月 16 日 给胡东梅

三段锦

一

站台停歇在疲惫里,
暮色,还在赶路。

一幅乡村图景随挣扎的泥泞入秋了。

那片湖水,似乎感染了风寒,
用低微的呼吸,控制着整个地区。

每年这个时候,
单身者就会把钉子钉入岩石,让寂静流出。

而芥末刺鼻的滑轮在不远处响起。

谁?谁衣衫褴褛?
补一下,借你的忧伤,把天空补一下。

二

何时,会有一种血液理解通灵顽石,
——红楼梦的遗产?
何时,新旅程开始?

如落叶翻检火焰干枯的青瓷碎片。

当少男少女点亮漫山遍野的萤火虫,
去替我找寻那张躲在水果里的脸,
那张轻淡极了的秀脸,

日子呀就会再新鲜一遍;

异乡的物资呀也会再增多一些;

封泥掉落,
老故事酒香扑鼻。

哦,近了!近了!
迷你般近了。
瞧,调笑和戏谑已经亲临。

三
如果欢笑来自基层,
那么,冰冻很快融化。

如果人在别处,就成了海绵,
什么都吸收。

我似乎知道了秩序的潦草秘密:

岁月，畅销在江南，耳熟能详，
以及，表叔、堂婶的枣园；

淡而无味的兵营，
守卫着云朵，
守卫着我游手好闲的猫科皮囊。

我烟波浩渺的使用着灵魂。

我来了！季节。
美的、咸的、无耻的、飞翔的全部的季节，
我来了！一种可能的绝对次方。

丰收、灿烂，是孤独的进行时。
我正效劳着锦绣文章。

2011 年 11 月 3 日 杭州，秋雨 -

对一位朋友的翻译

他对事物的态度一直开着引擎。
现实是他的四肢,受尽拥抱的引诱。

一只活在死亡哲学里的天蝎。
哦,哈欠,无意义,对他多么波光粼粼。

他划着船,湖面是一块钢铁,
四周是城市越积越厚的脂肪层。

他独自划着,油腻而危险;
只有腋下的翅膀胚胎着、梦着。

这一天,过得很模糊;
另一天,做精确导师。

台阶上的白雪,拖曳着裙裾,
他提起,像进行在婚礼中的生气男孩。

从不在观音像前给自己加油,
从不贪图失败的荣耀。

不时地,他放出猎犬,
企图用酒精把闷雷嗅破。

2011 年 11 月 9 日 致黄石

西湖

一
这黎明,这从未关爱过的表妹的宁静:
柳枝滴下枯绿,
地平线穿进针眼,把一抹霞彩
缝补在东方。

一辆手推车推着波浪。
一坛黄酒加入剩女行列。
我置身于高音中,试图
战栗,直至喑哑。

二
旗袍叉开的丹凤眼
怀抱琵琶,评弹着雨丝、浮萍
和自恋的藕香。
西湖,一张酒旗临风的招贴画。

这片湖水,从未受过惊吓,
不会发生马蹄失控、剑气四溢的混乱;
每一天,缰绳拴在苏小小的墓碑上,
风月牢固。

三
雾影凌乱，丰腴横流，
一派浮世景象。
老家办事处的清寒水光，
全凭吴侬软语支撑。

忧伤，爬满秋色，
像蜈蚣刹那启动整齐划一的木桨。
美，到了无可奈何的层面，
福分会出面做主。

四
花瓣的薄膜游向处女。
高贵只接受鲜嫩的事物。
反之，法律经权利消化后成了快餐，
帝国被嗡嗡声赞美成苍蝇。

岳庙，收敛起它满腔怨愤的疲惫，
赤子般露出炎热，
并以屋脊的爆发力掠过黑夜。
阴阳一体的心跳，渗透层层汗衫。

五
而仍然，出现了一场雪灾

——断桥连接了；
从此，人仙配集体退役。
探梅的芽，缩了回去。

旅游业榨干了诗意，
空气也挂牌制币厂。
人民在楼外楼，醋鱼是山外山。
几片乌云，感动白堤。

六
西湖梦在宋词里泛滥，
柳浪闻莺最红的野花，敲亮了晚钟。
听清楚，更大一片开阔
留给了回声。

我用历史的糖果许个愿：
在湖畔，我的铜像
将矗立起龙的灵感；
等待，一张又一张宣纸穿越烟云。

2011 年 11 月 18 日 给徐雯雯

天目山采蘑菇

没读过五线谱的森林长满了蘑菇，
我采下一个休止符。鹅黄，有毒，急性的斑点
随暮光扩大，以至于
那尚未抵达的爱
来了。踏着单车，全身洋溢着无辜的恨。
吃惊于自己是一座水牢。
一路上，灵魂在绿叶的尖叫里穿行。
吞食这一刻，我也许会
参加通灵党；也许会飞入雄鹰的翅膀。
多少次，过期的日子
霉迹斑斑的将我制伏，
水池里未清洗的碗碟又沉溺了一夜。
多少次，我用痛苦路过天目山；
用大雪，打扫干净教科书中的虚火。
直到，我在童年一样低矮、潮湿的腐殖土上，
采摘到晕眩、变异，
和对原始肉体最深切的怀恋。
狂飙已在我掌心登陆。
直到——值得。

2011 年 12 月 10 日

人到中年

戏台上的锣鼓,
能听懂
脚步婉转、细腻的唱腔如何穿过针眼;

其实我明白,
人到中年,一切都在溢出:
亲情、冷暖、名利。
曾经的旅程,犹如几颗病牙,
摇到了外婆桥。

我记得每一个昨夜,
少女的味蕾,奋不顾身的春色;
记得雨水仍发着高烧,
从嫉妒中失去的万有引力,
似一场大雪紧搂江南的水蛇腰。

忧伤所做的事情,足够支付信用卡;
酒火燃起的牢骚,
也一直连绵成无法挽回的群山;
这时,我听见一只响雷夺眶而出,
在杏花村屋顶上碎成星空。

其实，我明白

人到中年，是一头雄狮在孤独。

2012 年 2 月 29 日 杭州

离开

离开,让一杯绿酒离开老虎,
它会吞吃空气,

它已把灯盏吞吃得甜苦明灭,
一座紫禁城。

斑斓的话语,
春天了。

身体拖跃着柔软,
力,用什么来量它。

离开了,老虎,离开了,世界。
在春天。

只有离开是我的
财产。

2012 年 4 月 1 日

宿命

一

痛的小镇,窗户纸模糊。
风声缠绕着树枝,
天空很低。

没有一个少年,更没有羞涩的嫩乳。
磨刀声轻浮,
一片贫血的寂静。

城墙上,
桑树地,
诡异的气氛在出殡;
似乎情书在焚烧
水最冷的灰烬。

二

你小腿里的火车
经常出轨。

有时,汽笛将星光带到不知名的屋顶,
而猫的弹性起伏着山脉。

而岁月，一路广阔，
抛弃自我。

三
与一块墓碑搏斗了大半生，
终于置身于火山口。

可以俯下云雨
吻火了，

可以被最高虚拟
真实了。

唉，一声叹息
流逝在宇宙。

家，我的，你的，没有穷尽。

2012 年 4 月 12 日

永兴岛

仲夏升起芭蕉叶拱顶,
我听见细沙在问:永恒什么时候完工?
船长答道:还在波涛上颠簸。
永兴岛,一只龙窑烧制的瓷器水母,
正一张一弛呼吸着南海;
触须,心电图般连通着南沙、西沙、中沙群岛。
那蓝绿变幻的海水,
是由我家乡最昂贵的虫子——春蚕
织造的丝绸。单一的季节
其实铺展着经纬合奏的管弦乐。
历史从不惊讶于猫捉老鼠。
当台风撕裂了礁岩,
缝隙间的软体动物是可食用的玛瑙;
潮汐不停地翻阅咸味日历;
最新鲜的期待,永远是邮局开门时那阵骚乱,
还有拆信刹那:指尖掠过的海啸。

热带的记忆被妈祖保佑:
垂钓的椰子树,鱼饵整天是一朵朵白云;
疲惫的网,神一般的渔夫,
消失在植物深处的房子;

而傍晚，士兵从驱逐舰下来，
他们尚未获得勋章的年轻和古老主权之间
所产生的张力，让燕鸥呢喃。
我似乎只是一个淡水运输员，
我一生的淡水已无比饥渴，
它渴望，被永兴岛的绮丽风光
和一双黑眼珠日月饮用。

2012 年 7 月 15 日

夜航：纪念梁健

那一年，我们乘船夜过长江，
在底舱，我们对饮啤酒；
昏黄的光晕并不比花生米粗大。
两岸漆黑，猿声早已迁徙到泥石流的腹腔内。
江水，像一条虚线般淡远的脉冲，
偶尔保持着快乐的倦怠。
你不时喝下一口黑暗，
而我，也没有从甲板的风向上
畅饮到旗袍叉开的温暖。

事实上，我们从丰都鬼城出发，
到一个双喜临门的地方：重庆。
因果就这样安排着距离。
如果我的前半生活得像阴界的游魂，
那么，在被设计精美的漩涡，
反复沉底又抛起之后，
我遍体的暗礁变成了鳞甲。
后半生，我将放弃统治多年的酒桌，
去获取谦虚、魔术的核能。
枕着鱼背，途径了许多码头：
咸汗刺鼻的烟蒂、劣质的争强好胜……

似乎，只剩下电话断线的嘟嘟声。
星光，抬着悬棺，步步惊心。
我们是两个被漂流瓶认领的汉字，
在波诡云谲里颠簸。
你说，死亡，无非回家。
我想起一大片竹林，野生的光线
在错落呻吟，家乡的少女们都很湿润。

早晨，云端金阁寺的气味
将汽笛催醒。江面上，
漂浮着梦的黑白裸体。
菜市场的时辰。主妇提着篮子，
采购莴苣、生姜和牡蛎，
没有诗集，没有雏菊。
所有的街道都通向火锅店。
那一刻，你层层脱落的面具仿佛在补天。
凭常识，我在庸凡的日子幸存了下来。

2012 年 8 月 4 日

生命的礼物

我在一份清单上记下:
木棉花充血的歌喉啼破黎明,
东方正冉冉升起;
水上的云在孔雀开屏。

我还记下:
早晨,一片柠檬的酸涩
越过边境,
士兵体会到,深陷跋涉的茫茫雪原
那股寂静的勇气。

我继续记下:
脚步声积累成一枚钥匙,
直接,可以打开空气。

我难以记下的是:
被死神一瞥之后与重获新生之间,
那段祝福与诅咒血泪交加的里程。
一切,都是生命的礼物;
除了,用锁去开门的那种反动。

2012 年 9 月 25 日

长宁之夜

有人在腌制过冬的雪,
高中女生在青苹果里成长,
隔壁的红阿姨每天用肥粗的腰肢扭动广场,
我,仅仅在别处遥远?
还是在垂钓梦钩上的那点寂静?
其实,从鹅卵石间流淌的彝族歌舞,
我走私到一个绿色之夜:
微小的圣殿般的县城,
把烟花的脚印一个个踩在天上,
那刻,多少眼睛飞出了葱郁的睫毛,
所有的中心汇聚成一种仰望。

长宁的街道从未醉卧过我的酒杯,
三元的枇杷也未曾甜蜜过上海的客厅,
岁月像被万家灯火打败的猫爪,
哀怨般缩在墙角;
这时,灿烂一把抓住衣领,
使我骤然飞升:
让日常散发出想象的味道,
让生活抽丝织锦。
你,我亲爱的陌生人,

也许那晚,你正坐在节日的长椅上,
和未来的我谈着恋爱。

2012 年 12 月 25 日

海之门的使者

秋风起的时候,我相信,
你已吻过
这片蓝色土壤。

多少岁月,多少船只,
撒下天罗地网,
也没有把海洋拖到岸上。

我试着问问,
那不断开阔、无穷的明天,
会如何种植我俗世的生活?

我信仰海鲜,
一生效劳亲人们,
只使用过万分之一的爱情。

静静地降临,
孤独成雕像,
犹如海之门的使者:

从天眼里汲取眺望,

学习永恒,
哪怕只学到一滴感动的光。

2013 年 9 月 2 日

嘉峪关

一
多么远啊,只有单程票才到达过的
那种远!
黑夜成群结队相互取暖的颤栗之远!

每一刻,沙土的锈味、香味,
都异常坚定。

闪烁不定的是烽火台上的狼烟,
是一匹枣红马驮着海市蜃楼,
是葡萄酒在流放途中醒了。

二
设立在苍茫中的一个开关,
我只想打开它的怀柔部分:
飞天女神和日光乐队,
以及,暴风雪升起的白幡。

被牧羊鞭抽打,
被戈壁深度虚无过的——寂静,

被祁连山浮雕过的，
被兵士的怀乡病折磨过的——大寂静，

发生了变化。

侍者戴着婚戒，送来
问候；几片乌云
是龙送来了雨水的菜单。

三
黄昏，敞开着花岗岩，
把晚霞熔炼的钢水，
浇注到男性的骨髓里。

龙门客栈的老板娘
站在门口，目送着烟尘和鹰一同细微。

她是帝国梦——最后一把肉斧，
她砍凿驼铃深处的冰川；
她与痛苦抱头大哭，眼泪
像箭镞；

就这样，一个朝代向敌人射出了
它的伟大。

2013 年 12 月 6 日杭

雪的告别词

一

雪,一场如此盛大的告别
悄无声息。
人们知道它要走了,水的眼眶有点湿润。

它走了!只有少数几位知道,
没有一个人能继承它的遗产:
它纯白的派头,
它自在、高贵的东方式亲和力。

有时,它给窗玻璃提供一张天意草图;
有时,它衬托银杏叶金黄的熟;
有时,火车启动它祥瑞的风景。

悄无声息。雪和它体内的那条火龙
消隐于无形。江南随之渗透孤寂。

二

运送沙石的船掠过建筑物,
犹如抽离自身的一部分。
光线,从土里,

把城市一点点拔出来。

这是黎明炫目的时刻,
雪告别的时刻。
吸收了一夜漆黑的树木,
渐渐松弛开鸟雀的羽毛。

(最勇敢的,莫过于哼哼唧唧的猪,
正勤奋地要把地球拱回栅栏。)

这时,从街道那头飞奔过来
一条彩霞印染的纱巾。
哦,一抹最优秀的温暖,
女神般挽起雪的手臂,离开冬天。

2013 年 12 月 19 日杭州

上海女人

一

她从弄堂里出来,浑身上下
一股早晨清爽的傲气。
那张被镜子修饰过的脸略显客观。
她熟悉俗世的琐碎,了解生活的各种颜色。
她可以从未在十八岁逗留过,
也可以做永久牌邻家少女,
或者,时髦在叛逆中。
但是,不!
她只想从繁花里脱颖成自己这一朵。

二

她喜欢思南路公馆那一小块现实,
那里的咖啡,没有居委会的味道。
她抬头,视线像窗台上的金钱菊,
停靠在某个灵魂肩头。
她认为黄浦江放低身段去逢迎欲望
是不可原谅的,比不上昆曲
那水磨调的江南风流。
可她又觉得,空空荡荡的时代需要热热闹闹的
无聊去填充,比如,用高级去富养美。

三
任何一位老裁缝,都能给她的婚姻,
剪出合适、得体的款式:
要么在拥挤的空间继续细节、格调下去,
要么让牛鬼蛇神把她的命运带走。
她习惯了攀比,具体到睫毛的长度;
习惯了不带情感的寒暄。
在悬铃木落叶时,她会着迷
饭局上的一个金融故事,尾声
依然是爵士乐背景:主人在倾听。

2014 年 1 月

龙潭湖

一

许多个夏天，蝉声一直在挖土，
到柑橘熟了那晚，北斗七星将最后一勺铲走，
然后，月光把湖倾泻了下来。

现在，我可以给湖水打个电话，
谈谈四面青山葱郁的松林，
与《山海经》之间的血缘关系。

我想知道有没有一支双管猎枪，
昼夜在这片丹霞地貌里搜寻，
亚热带爱情的罕见基因。

二

书记亲自办理了龙的户口，
它的身份一半在天上，一半隐现于雾中。
方圆内瀑布所需的电能由龙珠供给。

放眼望去，是看得见的宁静；
无须看清的是风景，
它太多了，多得像手链之类小商品：

那踮着脚尖的云在盼望谁?
那灌木丛为何把空气修剪得杂乱无章?
那麋鹿的角枝因怎样的惊恐而熔化?

三
我与龙约好了在年轻一代里见面,
幸运的话,会展开一张蓝图。
野外的汗味,足够给网络上几堂劳动课。

我穿着白衬衫,衣领
沉浸在晨曦里,
当翠鸟擦亮正在刚柔上颠簸的快艇;

当桃花、梨花翻飞成格言;
我的爱人端上水晶日子,
满满的,但没溢出来。

2014 年 3 月 4 日杭州

衣裳街

一

多年前,祖母绿在猫的眼睛里,
少女的腰肢在裁缝的剪刀里,
熬中药的炭火躲躲闪闪,
几只蝴蝶搬运着午后的阴影。
迎来送往的馆驿河头,
为地方官铺展着玫瑰晚霞。

多年前,形容词一抬头,
就可以望见飞英塔;
被白云包裹的湖州城,
热闹着一条衣裳街。
英俊的脸庞是雨后的糕点,
落花催眠的是这条街的柔软。

二

丝绸之路的每一个起点
都产自衣裳街。
每天早晨,当白昼之光叫醒屋顶,
商铺的匾额散发出墨香,
老板娘红扑扑的情绪开始丰腴,

她永远是柳花桂雨的枕边人。
也许,火车,这世袭的蟒蛇,
鸣响汽笛,运来人和事。
也许,她该与新旧两个时代同时联姻,
把年轻的风扶上白帆。
也许,赵孟頫只是一株桂花树,
停泊在枝繁叶茂中央,
听青石板传递笃笃的回响。

幼小而潮湿,是衣裳街的前生;
它曾踮着鱼米之乡的脚尖亲吻了天上的事物,
我的嘴唇,保留了太多的因果关系:
因为春天了,所以我错了;
因为身边有人,所以安静了。

2015 年 6 月 16 日

元宵节

一

正月十五,
薄冰仍在树枝上畅销,
糖果店沉浸于甜蜜,
街坊用谜语挂起灯笼;
春意,刚刚制作,还冒着新绿。

每年这个时候,
我感觉自己的手腕像河流,
想加速累积太久的缓慢。
我对世界说:热闹点,快乐点,
去参加鲜花的晚宴。

家族的遗传病——元宵,
有一张圆形的脸。我喜欢。

二

那些习惯了寂静伺候的信,
存放于阁楼,让它们
走下扶梯,去燃烧;
锅里的汤团需要情爱的火焰。

我想起少女林黛玉,她精致的姿态,
足以把法租界再装修一遍。
她的脸,鹅蛋形的,
从镜中升起。我的喜欢向上仰视。

记住,这是正月十五元宵节,
所有的高跟鞋被梧桐的阔叶
和烟花的绚丽吞没。
只有一双,女权和封建交替前进。

三
多少前世的福分,才可以换取一张门票:
武康路老洋房的钥匙,当它转动
完成零:瞬间,碧螺春盘旋
把绿融入水晶。

这种影像,和太多的妖娆、口红
混合为稀薄膏状的
香氛,被梳妆台的镜子所吸收。

每年这个时候,
我会变成自己反对的那个人:
枕着《良友》画报的时代风云,
从殷勤里探出高冷,

像她的翡翠耳环，接纳着年节最后的余温。

2016 年 2 月 19 日

绿城

一
整座城,街道、玻璃和剧院,
都贴着一张绿脸。

从里到外,从钟表到根须,
人们都在春天。

日子如蹄声,
驮着重逢与告别。

我问,玫瑰在哪儿?
柳絮回答:正在开门。

白与黑弥漫,困倦失眠得发烫,
形势已到了快递员那一链。

二
这座精确到微妙的城,
正对弈一局围棋:

空气拧紧螺丝,

树叶的唇在每片隐喻里卷刃,

被虫咬、被牺牲、被遗忘的肥料,
喂养着新的祭品。

似乎,冷暖自知的地平线
读懂了我的潮汐:

我无法洗掉手上的水,淡水;
我全部的水都在汇聚成身体。

2014 年 4 月 3 日

喜马拉雅诗篇
——致高银

一

我有一件棉袄,
束手无策的寒冷经常穿着它,
在喜马拉雅。

这是温暖颁发给冰山的
许可证,
这是草帽的光芒把泥土的牲口味
刺进了白雪的肉。

沿途的风景早已夕阳西下,
只有转经筒随酥油灯的诵经声,
在老年人的额头上
流淌着煎熬。

只有韩国圣徒高银,
被悔恨、耻辱这些修行的敬语治疗,
八十三岁,就融入了十万歌集。

二

高银喜乐的身姿多么可贵,

他用黄酒书写着行草"心经",
他的舞永远跳在童年,
他的沧桑如干净的湖水。

在喜马拉雅,
晕眩是为了什么?
哦,为了空无!幸福!
那熟透了的幡,
紧紧抓住地球边缘飘飞,
当飘飞的强度变成鹰,
意味着死亡——穿过五颜六色的峡谷,
消失于脊椎尾部。

看,他的头发,
鸟巢般盛放着蓬松的云絮,
无论早晨从哪一片叶子醒来,
我的喉咙都会啼叫出
新鲜的话:喂,大师,
你的诗篇碰触了天花板:
这昂贵,讨厌的思念。

三
坐落于稀薄氧气里的春天,
"哎哟哎哟",仍然是
野猪翻滚的人间,

仍然疼痛。

神童、证人、僧侣、酒鬼、斗士，
你一一拨开轮回种植的铁栅栏，
抵达喜马拉雅。

终于，诗篇
如平静而起伏的高原山道，
向着悲悯延伸，
承担了一滴泪的全部内涵。

某个瞬间，或许，它就是那张门票，
苛责你，顺从你，
当灵魂的漫游赤身裸体。

2016 年 7 月 16 日杭州

几乎是一封信

一

苹果树下,腐味和清香
掉落一地,层层叠叠涌动着波罗的海;
十月,冷气已锁入院内。
斯德哥尔摩的晨光往白墙上
涂抹鱼子酱。厨房间
你把烤面包译出了金色麦香;
一瓶绍兴黄酒因存放太久
已从羞涩转化为诱惑,
等待着情怀被开启。
许多年,就这样,你拧开煤气,
大、中、小火焰交织,绿色的热能通过钢精锅,
传导给食物;牛肉或空心粉表情各异。
当女儿维拉骑上你的肩膀,使父爱陡然升高;
或儿子西蒙与你对抗,而一旁
夫人维多利亚,以外交官的娴熟技巧
优雅、沉默、掌控着局势;
这些片段,比起家庭生活琐碎的漫长,
确实——"像自由"。

二

从瑞典到上海，航班跃升到云层，
你的身份已是总领事丈夫。
随国际化度假肤色，你的摄影展
降落法租界：殖民主义小洋楼。
哦，还有诗人默默，
他意外失手，相机摔成了奇妙的坏，
这罕见的概率使焦距对准了灵魂。
有没有听见，黄浦江的资本
轻拍小弄堂；女士们
在晚礼服的秒针里穿梭，
为光阴的褶皱注入动感。
也许，怀疑者警惕，你酒杯里溢出的春天，
不是雪累积的寒冷，而是白发在调情。
可事实上，除了性和福利，
你墨镜下的面目仍然会哭泣，
仍然，你痛饮不完整所泛起的泡沫。
世界不是属于善良的，也不属于老虎，
而是属于我们散步时，那短暂的失语。

三

很快，卡夫卡的背影所拉长的街道，
将把路灯变成一只只甲虫，
岁月在商店门前爬行着纹饰，
如果，不小心，玫瑰的呻吟

从建筑物渗出,忽明忽暗地
揉碎行人,骤然,
各类繁杂的重逢会一齐涌入肺腑。
无疑,这就是哈维尔总统过的布拉格,
连雨伞和夜莺也嫉妒的布拉格:
收获季节,葡萄的汁液沾满手帕,
从少校吸烟的阳台飘向草坪;
钟声,把礼拜日镶嵌在窗框内;
美丽的器官在女理发师的指尖流淌。
你,我的朋友,去约会寂静吧,
继续扮演热情,用保存的中文视线抚摸
那些捷克语的脸,那些圆柱、屋顶和经典的实物。
然后,将目光投入街角的邮筒,
某个节庆,寄给另一个自己。

2016 年 8 月 8 日致李笠

和平饭店的下午茶

一

伞形吊灯黯淡着光晕,
内敛、精致的优雅走动,
幽暗空间,爵士乐风格弥漫。

燕尾服侍者拿来账单,
壶嘴般俯身小圆桌,
剩余的糕点微含果酱。

下午茶已钟敲六点,
停泊在黄浦江畔的绿帽子尖顶,
解开西餐厅的缆绳;

三分熟的外滩,
渗出法式牛排的血色。
楼梯转折直上,渐渐苍茫。

二

经常,几小时,我和你,
各自沉浸,不交谈一句话;
手指提捏杯柄,或夹起香草慕斯。

邻桌的欧洲人懂得，
如何设置隐私的音量屏障；
他们受欢迎的程度略高于黄种人、非洲人。

这种熟悉的陌生随处可见，
家庭、社会网络没有链接，
但某刻，却被同一架钢琴伴奏。

从条纹布面沙发到波斯地毯，
再到黑边镶嵌的乳白色大理石，
锃亮、柔和的姿态装修了中年领班。

三

从车水马龙进入黄铜旋转门，
瞬间，浮雕玻璃隔开了外界喧嚣；
一条长廊，凉爽地致意。

尽头，八角亭中央，
一大捧鲜花：玫瑰、百合、蝴蝶兰……
充满仪式。

日光透过彩绘穹顶，
滴下恍惚，
又升起细密的烟云。

置身于现在的另一个时代,
我想起,那位犹太军火商,
他哥特式风格的情感,他摩登的权力。

四
当埃及高支棉床单,享用着
某位女明星的体味;
这是伯爵红茶和江南绿茶的时间。

拉开拉链,从牛皮单肩包,
取出包浆厚实的《白鹭》:
八十岁的德里克·沃尔科特无懈可击的最后挣扎。

在这个混血环境,
一页页翻阅,
一位多元文化大师的精神冒险。

感觉自己的身体起了变化,
安静是一种爱的营养,
用眼睛、听觉重建着秩序。

五
喂养一只鸽子,
让和平飞翔,

这是人民的想法。

但品尝明前龙井的神秘人物,
会直接乘古董电梯到达房间,
与对手热情拥抱;

落地窗帘严密遮蔽风景,
无论下雨或晴天,
细节的信号才是重要事件。

在葡萄酒唤醒灯火通明之际,
龙凤厅的大厨切划着鳝丝,
竹刀锋利:一道道金融闪电。

2016 年 8 月 25 日

秋歌：十里银杏

一

很快，我将蜿蜒，
在山道上，
用蟹黄加速涂抹银杏叶片，
把朝露钉满十里长廊；

不管坏脾气新伐了多少树枝，
做成小板凳，
放入暖阳；

也不管无数颤抖的少女，
在金矿里，
下落不明；

我想要漫无边际的飘，
旋转和疑惑。

二

那雨中的野猪，
那休耕时节的红烧肉，
那溪水哗哗流淌的胃口。

我寂寂地雕刻
渗出汁液的旅店；

我的账单：
一条睡眼惺忪的白床单，
一具可有可无的裸体。

已经，秋收了，
结束生长了，
镰刀懒得起义，
忧郁仅剩柔软；

只有鸭掌和扇形的事物轻声细语：
我喜欢，我喜欢提鞋的影子。

2016年9月9日

桂花,以及月亮

一
那些天,
几乎是非法的,
孤独得没有社会。

随时可以潦草地提起旅行箱,
把站牌一块块扔在身后,
像一个零,不需要目的地。

听见雨水垂青额头的声音,
听到桂花树的咳嗽,
便哭了。

赤脚踩着泪水的滋味,
只有疼痛才懂得,
它的成分包括:玫瑰、没药和龙涎香。

二
水光在擦洗西湖的银盘;
垂柳撩开豹的眼帘:
动物园散发出江南睡莲的气息。

我呆呆地看着月亮，
把唯一的馅：中秋，
裹在里面。

人人都能品尝到
对家和乡土的挚爱；
其实，这种情绪与蝈蝈并无太多差异，

当它金属丝般缠绕城墙废墟，
无理由地吵闹，
它的血缘信仰也仅仅是渴求圆满。

2016 年 9 月 15 日中秋节,赠方石英

百利甜酒

一
披着风，
塔楼沉浸在单恋中，
刺激了爱尔兰的悲伤和情欲。

只有让奶油融入威士忌，
才可以
驱魔
——长袍里挥之不去的夜。

才能从丝绸般顺滑的甜味里听见
香草、焦糖、可可豆的窸窣声。

只有从提神的水体内，
才能释放出修道士的虔诚。

二
超市货架上那同义反复的存在，
说明世界已趋向拥挤。

如何——掠过各种形状的玻璃瓶，

将意念停留在金属色的双 B 图案上。

选择的权利,
轻微地
包含着疼痛。

也许,挤牛奶的清晨
闪现:我想起二十世纪
少女放学回家,穿着棉布衣服,
脚步是那么亮晶晶,充满爱的蜜汁。

那时,我家乡县城书院弄和米行弄交界口,
就已酿造了——不可融合之融合:
永远新鲜的美妙。

2017 年 3 月 6 日给周菁

早春二月

一

春雪在蚕食晨曦,
屋脊,微微发烫;
我的酒酿小圆子正在锅里翻腾。

江南的一半是水墨画,
另一半,是糖果店。

其实,那些吹着口哨,
在街头闲逛的年轻人,
并不认识贫穷的丑陋,
也不在乎这个时代的空气有多么甜;
会到那一天:他们生儿育女,
把腊肉挂在通风的门廊下。

突然,片刻的冷让我感觉温暖;
黑白斑驳之间,薄冰闪耀出同花顺的光:
哪几张牌是我优雅的未来?

二

褪去了冬眠的街道,

视线清新、怀柔,
容易放任游动的事物。

不远处那家咖啡馆,
贯穿着某种复苏的沉默,
一对小资翅膀
和爱情失联已久。
它的女主人,长期旅行在西藏、尼泊尔,
戴着蜜蜡、绿松石手链。

那些萌芽的嫩尖显示,
物质丰裕的精神繁殖力——
许多疑问,
仿佛获得了茫然的解脱,
又好像松了口气。

我转身,走向放弃的反面。

三
插在红瓷瓶中的腊梅,
那折断的疼,渐渐弥漫,
绣花针般刺入早春二月。

金黄的骨朵如小楷经文,
隐秘地照亮悲伤。

当高跟鞋笃笃笃穿过阴湿的庭院,
少妇臂腕上的菜篮子
和旗袍勾勒的身形,
以某种张力,对生活
造成了不可估量的损失。

缓缓地从雾里驶来的护城河,
像检票员慢慢缩小、变淡,
随站台消融。

2017 年 3 月 23 日

从青松岭到诗上庄

一

青松岭道路两旁的红泥浮雕,
那新鲜度,仍然
保持着逝去时代的汁液;
我仍然感受到农民的青春
鞭声闪亮,收获的吆喝
在马车的圆辐上滚动;
穿过标语点燃的穹顶,
黄昏以一个斜坡的兴奋
将山楂树林融入炊烟:
从根须到叶脉,路线斗争
无处不在,恰似那部极左同名电影
所结的酸果:粗糙、略带甜味。

二

承德、兴隆、诗上庄,这些地名
像台阶,托起群山间的雾;
无论手机的视线怎样飞,
都会被苍茫所捕获。
也许,撩开那层遮蔽,并没有什么
天上的婚礼,有的只是潮湿的寂静

生长着羊毛；有的只是平凡岁月的恐高症,
那轻微的疼使人性柔软。
许多年，我旅行、停留，听见过
蜂王酿蜜的嗡嗡声，
将正午的果园震颤成一条初恋情人的床单；
我看到了暮光把猫皮均匀地涂抹在村政府屋顶，
高音喇叭的黑爪搭着阴郁的气象预报。
同时，我也领悟了"阿里巴巴"这句咒语，
可以打开无穷的连环门：
比如用"酒"这个词翻越千山万岭，
月色如醉舟颠簸在北方的夜里。
我的快乐——风铃的铜绿，
仙人塔滴落的光，还有，对未来事物的默契。

三

那绵延在溪水里的族谱，
闪烁着，一页页翻动，
那些名字，比起玫瑰，更接近红薯和野菊花；
充溢着泥土味的现世期盼，
源自祖坟和祠堂的牌位。
生命的秩序就这样在鹅卵石上涌流：
磕磕绊绊地失落，忽明忽暗地幸福，
承受着自身坚韧、执著的重量，
向着一块石碑的方向。
当阳光和雨编织八月的发辫，

我想象一个冬天，
河床上珍珠凝结，你的蚌
像李清照的慵懒吐露出寂寞；
灶间的炉火炖着整个天空，
稻草的暖、云的暖在你的脸颊上沸腾。

2018 年 9 月 12 日

燕山的雨夜

一

"紫"是颜色的最高等级,
只有皇家血脉才能承受;
燕山之夜通宵被紫禁在雨水里。

当年,蒙古大军的十万双眼睛,
凝视着侵蚀的岩壁、灌木丛和阔叶林
组成的屏障:沉默漆黑。

吊在栎树上的长臂猿猴,
不再梨一样晃动:
下一秒,钟乳洞即将熔化。

焦虑是恐惧的表兄弟,
暗藏着斧头,
随时准备砍伐这灌满耳朵的喧嚣。

二

在星光没有通电的山谷,
适合萤火虫照耀,
那微小卷曲的亮运动着活。

我也许应该尾随雨和松针摩擦所产生的雾，
去抓住历史的衣襟，
用失眠症直接抵达

鸡冠充血的黎明：
那沾染了梦的泥沟，
在碎石上拖曳着多余的水。

2018 年 9 月 13 日

中原,四门塔

一

拂晓,黄河染料厂,
那成批运送来的魂魄已湿漉漉上岸;
泰山的龙椅仓库也受到了祈福。
这时辰,乱云飞渡。

马蹄、尘埃的中原世界,
浮现青石四门塔:
古朴的单层亭阁,螺发肉髻的佛像,
顶刹的尖直插视野。

当一代代的锄头起起落落,
在挖掘、在挖掘
英雄史诗,可曦光中,
半首绝句矗立着:卓越、经典。

二

在神通寺,在千佛崖,
在枣红色的深秋,
你,讲解员,
你纯真的美是我吸收的内容。

你写给我的信,早已捣成纸浆,
再生为另一种情感。
我记得你刀法精湛的耳垂,
那粉嫩的肥。

也许,遗忘会陪同我完成还愿,
从圆拱门进入《心经》:
我不想惊扰沧桑齿缝间的力,
我不会背叛未抵达的吻。

2018 年 9 月 15 日上海

跋

一

二十世纪六十年代，我出生在汉语最肥沃的地域：宋朝以来的江南。五岁那年，一个初夏的午后，中国大陆正热火朝天地在革文化的命。凤表姐牵着我穿过小镇的中心街道，平常的喧闹似乎连根拔除般裸露出空荡荡的安静，这时，响起了高音喇叭的播报。表姐说：你长大后也可以写一封表扬信，表扬爷爷，在上面广播。我幼小的魂灵震惊了。从此，我的文学生涯有了一个内在起点。

我的童年，敏感、多病，喜欢云和星星，喜欢坐在门槛上扑捉尘埃粒子在光线里跳动的节奏。我是一个人口众多大家庭的宠儿。简单地说，我妈妈是外公的第三房生的。大外婆当家，我有许多阿姨、姑姑、舅舅、表哥、表姐和表妹。有一次，凤表姐替我穿衣，稍不顺心，就给了她一记耳光。她边哭边服侍"小暴徒"。幽暗的宅院，不时泛起木楼梯咚咚上下的脚步声。燕子把许多白色的巢筑在前厅的顶上，傍晚它们归巢，清晨打开大门，它们风雨无阻地飞向天空。

十岁，我随父母从安吉孝丰镇迁移到邻县长兴。小学五、六年级，少年爬上阁楼，从箱子里翻出几本泛黄的书：戈宝权等人翻译的《普希金文集》、梁真翻译的《拜伦抒情诗选》和手抄本的泰戈尔，它们混杂在《毛泽东选集》《反杜林论》《赤脚医生手册》等书籍之中。这是我父亲，杭大中文系毕业生的隐秘收藏，在那个严酷时期，他处理了各类可能冒犯意识形态的东西，唯独留下了这几本诗集。天意如此，一个在读书无用论思潮里吵闹的孩子王，被难以理解的诗行吸引了。

之后，被点燃的火焰开始了跌跌撞撞的乱涂，同时海绵般吸收。白纸在我的手上浪费了太多的汉语。直到一九八六年，我自觉到我自觉了，二十二岁的我写出了《第一首诗》。

二

为什么写诗？这一问题追逐了我许多年，直到剥开洋葱，让每一片都摊开。最初是源自一种想表达的欲望，其实可以说是个体生命在寻找社会意义，他在时间的茫茫人海里寻找自己的那张脸；再进一步，美学企图产生了，也就是说希望用语言炼金术，拯救出某些人性的纯真；最后抵达，每首诗都是一场文化仪式，用来调整灵魂的秩序。

其实就我个人而言，有着更云端的答案：命运。是命运驱使我做一个诗人。不久之前，我仿佛天眼突然开启，我明晰地认识到，是汉语选择了我这个器官，为它奉献。不知道是幸抑或不幸，我别无选择。我的性格、心智，我的孤独、痛苦和颓废的迷失，我的交往、阅读、荣誉和失落的时光，一切的一切，都是汉语在塑造我这个器官。我的人间岁月是汉语赐予的礼物。欣慰的是，几百年积累下来的庞大诗歌空间，尚未被伟大使用过，为才华提供了千载难逢的施展机会。

至于我的经历感受更是颠簸、直观、酸甜苦辣：从封闭到巨变，从理想的衰败到功利的胜利,以及互联网信息泛滥抵消了现实力量。总之,各种丰富性风起云涌,各种价值观聚变离合。当回过头去,发觉自己的生命体系,通过时代现场,通过和传统连接,通过对世界文学的吸收、交流,仍在不断地解放之中。

因此,无论从哪个角度讲,当我完成一首诗歌,其实并非我一个人的作为,是各种能量聚合的结果,是神握着我手上的笔。一首存活的诗歌,背面需要许多首伟大诗歌的支撑,需要许多非凡的行为和思想、历史经验、宗教情感、"语言的未来"等等事物的参与,同时还需要反对派的营养。

我不信赖随心所欲的草率写作,世界早已证明,诗歌语言的粗糙和意义的简单化与社会堕落是同步的。

三

诗集总是越读越薄,或许会留下几行或几首触及本质的诗。很多诗人的自恋还没有上升到历史层面,因此编选作品集不愿丢舍,这样就白白放弃了美学标杆的确立,放弃了自己掌控的那把时间之刀,任人宰割了。

这本《水的事情》跨度为二十七年,基本上可以划分为五个内容阶段:江南水乡所生产的迷茫、略含清新的青春岁月;受西方文学影响的孤寂现实;语言体验的太湖精神流域;时间里的江南文化;超越地理现实的生命熔炼。

一步步走来,我坚持一点:精确,精确,更精确。我从未突破一个基本底线:文学引领人类文明,而不是诗歌模仿日常生活。每一首诗,无论容纳了怎样的意义冲突、矛盾、复杂,但都是在向一种秩序致敬。这秩序,由神殿里的群像:屈原、杜甫、李商隐、曹雪芹、莎士比亚、清少纳言、波特莱尔、叶芝等等构成。毫无疑问，文学存在着等级。这观念并不等同于意识形态的一元论。

　　这些年，我认为我最大的进步是，有力量做到了对自我的屏蔽。无我之后，诗歌才会更清晰地发出语言的、文化的、集体无意识的声音，才容易触到母语、民族的根，才可能成为公共资源。

　　必须承认，我的诗歌没有对重大的政治事件做出反应，但我从未拒绝吸收真相、反思、爱和怜悯。作为一个当代中国汉语诗人，放在他面前的问题不是几个，而是一批，他得从耐心里取舍出主题、对想象的虚构力和节奏处理时间的能力，摆脱流派、主义、思潮、道德的绑架，直抵真理核心：虚无里的那个永恒。

　　至此，我仍然不安、脆弱，词语般挣扎在一个活人的体内。

2012 年 12 月 18 日 杭州

潘维

1964年出生浙江湖州,多年生活杭州,现居上海。
做过电影放映员、编辑、纪录片制片人、大学教授等工作。
获柔刚诗歌奖、天问诗人奖、两岸诗会首届桂冠诗人奖、《诗刊》年度诗人奖,闻一多诗歌奖等十余奖项。
作品被译成英、法、日、瑞典、韩等多种语言。
进入教育部中文学科教学指导委员会组编的《中国新文学史》。
国家一级作家。

代表作品

诗集
《不设防的孤寂》(1993)
《隋朝石棺内的女孩》(2008)
《潘维诗选》(2008)
《水的事情》(2013)
《梅花酒》2013

水的事情

出 品 人	续小强	选题策划	刘文飞	责任编辑	赵 雪
复 审	陈学清	终 审	贾晋仁	书籍设计	张永文
印装监制	巩 璠	项目运营	有度文化·刘文飞工作室

投稿邮箱 | liuwenfei0223@163.com

微　博 | http://weibo.com/liuwenfei0223　　微信公众号 | txsk2013_